5分で感動　書店にまつわる泣ける話

株式会社 マイナビ出版

TearS

CONTENTS

幸猫書房と飛び出す絵本

矢凪

「だーかーら、行かないって言ってんだろ！」

東京都内のとある総合病院の病室内で、八柱幸音は布団を被ったまま叫んだ。ベッドサイドに横付けされた車椅子の傍らで、紺色のウェアを来た理学療法士の女性が困った様子で眉を下げる。

「幸音くん、そんなこと言わないで。練習すればすぐ歩けるようになるから」

「だってもう来週の遠足には間に合わないし……」

「うーん、遠足ってどこに行く予定だったの？」

「つくばの宇宙センター。三年生になってからずっと楽しみにしてたんだ」

「それなら、退院したら連れて行ってって、お父さんとお母さんにお願いしてみるのはどう？　それに、お友達はみんな幸音くんが退院してくるの、待ってるんじゃないかな？」

そんなやり取りをしていたところへ、幸音の母親がお見舞いに現れた。挨拶もそこそこに病室に備え付けの棚を開け、手慣れた様子で着替えやタオルなどを新しいものと交換していく。

「ユキ、いつまでもふてくされてないで行ってきなさい。リハビリをちゃんとこなしてきたら、今日は少しだけ外出許可を貰ってあるんだから」

「えっ！　外行けるの⁉」

　外出と聞いて、幸音は思わず布団から顔を出した。

「と言っても、病院の中庭を散歩する程度だけどね。今日は移動式本屋さんが来てくれるんですって。おもしろそうだから見に行ってみない？」

「いどーしき本屋？」

　馴染みのない単語に首を傾げた息子に、母親は頷いて微笑みかける。

「そう、トラックとか大きな車に本をたくさん積んで運んで、いろんな場所で開かれる本屋さんのことね。病院に来てくれるなんて多分めずらしいだろうし、せっかくだからユキの欲しい本、三冊までなら買ってあげるわよ」

　母親の後半の言葉に、幸音は布団を両手で勢いよくめくって目を輝かせた。

「え、新しい本欲しい！　じゃあ……しょうがないな。今日はリハビリ行ってくるよ。でも、今日だけ、だからね！」

とりあえず、一日分のやる気くらいは出たらしい。起き上がった幸音の様子に、親子の会話を聞いていた理学療法士の女性がホッと息をつき、母親と笑みを交わし合う。そうして一時間ほどの歩行訓練メニューをなんとか終えた幸音は、母親と共に車椅子で病院の中庭へ向かった。

ひつじ雲の浮かんだ青い空と、涼やかな風が秋の訪れを感じさせる。散歩にはピッタリの陽気に、幸音は期待に胸を膨らませていた。

「もしかして、あれが本屋さん？」

指さした先には、一台の軽キャンピングカーが停まっている。車体の側面には虹が架かった青空と草原、ベンチに座っている白猫の絵が描かれていた。

車に立てかけられている縦長の板には『幸猫（ゆきねこ）書房』と丸くて可愛らしい字体で書いてある。それがこの移動式本屋の店名なのだろう。

幸音は自分の名前と同じ漢字が一字入っていたのでなんとなく嬉しくなった。

車の外には木製のブックシェルフがたくさん並んでいて、開けっ放しの後部ドアから見える車内にもたくさんの本が積まれている。文庫から図鑑や写真集のような大型本まで様々なサイズの本。子ども向けの絵本から、マニアックな専門書のような厚めの本まで豊富なジャンルの本が取り揃えられていた。

「三冊まで選んでいいんだよね？　どんなやつでもいいの？」

わずかに鼻息を荒げながら問いかけた幸音に母親はニッコリして頷く。そうして幸音は「どれにしようかなぁ」と、店の端から順番に本を見始めた。

「お母さん見て見て！　これ、宇宙のことが書いてある本だよ！」

「ユキは相変わらず宇宙が好きねえ」

「うん！　これ、開いて見てみてもいいのかなぁ？」

気になった本があり、しかし勝手に手に取って見て良いものかと迷っていると、日焼けした精悍な顔立ちの青年が近づいてきた。一九〇センチはあろうかという長身で、少し長めの黒髪は首元でひとつに結んである。清潔感のある白いシャツに濃紺のジーンズというスタイルで、胸元に店名が刺繍された緑色のエプロンを着けていた。青年は幸音の車椅子の脇で目線の高さを合わせるように片膝をつくと、本を取って差し出してくる。

「幸猫書房へようこそ。気になった本は中を見ていただいても大丈夫ですよ」

「あ、ありがとう……」

丁寧に案内され、幸音は少し照れながらも頷くと、受け取った本のページをそっとめくり始めた。

「これはちょっと難しそうかな……。あ、こっちの本、おもしろそう！」

そうして何冊か順に手に取って見ている途中、開いた瞬間、驚いて思わず声を出してしまった本があった。

「お母さん、見てこれ、この本すごいよ！」

それは、宇宙に関する飛び出す絵本だった。最初のページは、宇宙飛行士が乗り込んだロケットが地球を飛び出していく場面。そしてページをめくるたび、様々な惑星に降り立ち探検するというストーリーになっていた。どのページも立体的なのはもちろん、飛び出してきた惑星の陰の部分に小さな宇宙人が潜んでいたり、随所にクスッと笑える仕掛けがあったりと、子どもだけでなく大人が見ても楽しめる魅力が詰まっている本だ。

「へえ、確かにこれはおもしろいわね。あ、こっちにもほら、コーヤマユーリって同じ作者の絵本が二冊あるわよ」

「ホントだ！　動物と昆虫かあ！　これでちょうど三冊だし、全部欲しい！」

「オッケー、じゃあそれにしようか。お母さんも読んでみたいし」

「やった〜！」

幸音はその三冊を大事に抱き締め、車の前方に木箱を積んで作られている簡易レジへ持っていく。本を置くと、先ほど声を掛けてきた青年が三冊を見て、一瞬驚いたように目を見開いた。しかし、特に何かを話すわけでもなく、淡々とバーコードを読み取り始める。

「お買い上げありがとうございます。本はギフト用にお包みしますか？　それともこのまま手提げ袋にお入れするだけでよろしいでしょうか？」

「あ、袋だけで大丈夫です。それにしても、こうして本屋さんが病院まで来てくれて有り難いです。息子のお見舞いに来る時は大抵、荷物が多いので、必要最低限のものしか持ってきてあげられなくて……。それに、息子も久しぶりに自分で好きな本を選んで買うことができて、とても楽しめたようですし」

幸音の母親が支払いをしながらそう言うと、店長の青年は軽く頭を下げた。

「そう仰っていただけると、こうして来た甲斐があります。入院中はご本人はもちろん、ご家族も大変かと思いますが、つかの間でも楽しんでいただけたのでしたら光栄です」

青年は穏やかな口調でそう言ったが、その表情はどこか寂しそうで、ともすれば泣きそうにも見え、レジの横で二人のやり取りを見守っていた幸音は小首を傾げる。気になって「お兄さん、どうしたの?」と尋ねかけたのだったが、視界の端、フロントガラスの向こう側の助手席に小さな白い影を見つけると、興味はすぐにそちらに移った。

「ねえ、車の中に何かいる……?」

指さしながらつぶやいた幸音の視線の先を追い、店長の青年が目を細める。

「ええ、この店の副店長でもある白猫がいます。普段は店の外で一緒に店番をしているのですが、病院なので今日は車内で待機してもらってるんです」

「へえ〜、そうなんだ！　ウチの家にも茶トラの猫がいるんだよ。マーズって名前で人懐こいやつなんだ。あの子はなんて名前？　何歳？　オス？」

興味津々の様子で尋ねる幸音に、店長は少し気圧(けお)されながらも微笑む。

「カイリという名前のオスです。もともとは野良猫で、保護猫活動をしていた身内から譲り受けたので年齢はわからないですが、四歳くらいかと」

「あ、じゃあマーズと同じくらいかも！　マーズは友達の家で生まれて、僕が幼稚園に行ってた頃に貰ってきたんだ。僕、宇宙の次に猫が好き！」

「そうでしたか。猫がお好きでしたら、本をご購入いただいた方に差し上げている当店オリジナルの猫の絵柄のしおりがあるのですが、いかがですか？」

「欲しい欲しい！」

即答した幸音に店長は頷くと、カラフルなしおりを取り出した。

「三冊お買い上げいただいたので、お好きな色柄のものを三枚までお選びくださって構わないですよ」

「わーい！　じゃあ、これとこれと……これ！」

幸音はパッと三枚選んで指さす。お店の車体に描かれている絵と同じ草原柄と虹の架かった青空、そして星空柄。どれも白猫が描かれている。

「では、こちらの袋に一緒に入れておきますね」

「うん、お兄さんありがとう！」

「こちらこそ、ありがとうございました」

改めて深々と頭を下げた店長に見送られ、幸音は満足げに手を振る。そうして母親に車椅子を押されて中庭をあとにし、病室へ戻ったのだった。


昼食後、食器を片付けて貰うと、幸音はこの時を待っていましたとばかりに先ほど購入した絵本を袋から取り出し、ベッドの上で読み始めた。

ページをめくるたび、店先で見た時には気づかなかった細かな仕掛けを新たに見つけ感嘆の声を上げる。ベッドの横から絵本を覗き込んでいた母親も終始ニコニコ笑顔だ。一冊、また一冊と読み進めていき、あっという間に三冊とも読み終えてしまった。

「もう一回、最初から読もうっと！」

幸音はご機嫌で繰り返し絵本を読み返す。そうして何度か読み終え、最後のページを閉じてからも余韻にひたっていた時のことだ。

「ねえお母さん、まだ中庭に本屋さんいるかな？」

「夕方まではいると思うけど、どうかしたの？」

「うん……この絵本、すごくおもしろいから、ほかにも同じ人の本があったら読んでみたいなって。買いに行っちゃダメ？」

「そうねぇ、ユキがそこまで気に入ったのなら……」

幸音のおねだりに、絵本を一緒に楽しんだ母親の財布の紐は緩んでいた。

タイミングよく年配の看護師が検温をしに巡回してきたので、事情を話して外出許可について尋ねてみる。

「そんなにおもしろい本だったの？　って、あらその絵本シリーズ、コーヤマユーリくんの作品じゃない」

「えっ、この本書いた人のこと知ってるの⁉」

幸音は看護師の言葉に驚きのまなざしを向ける。するとなぜか突然、看護師はしまったと言わんばかりに口元を押さえ、気まずそうな表情を浮かべた。

少し迷う素振りを見せてから、何かを覚悟した様子で喋り始めたのは、幸音にとって思いがけない内容だった。

「ええ、幸山優里くんは子どもの頃から何度かこの病院に入院していたことがあって……」

「そうなの!?」

「あの移動式本屋がここへ定期的に来てくれるようになったのもそのご縁でね。店長の樹里さんは優里くんのお兄さんなの」

幸音が「へえ～」と興味津々に耳を傾ける傍らで、母親は納得顔になる。

「ご自身が入院患者のご家族だったから、病院に本屋さんが来てくれるといいなと思ったのかしら……?」

「ええ、そうなんですよ。この辺には大きな書店がないですからね。優里くんが今の幸音くんと同じ年頃の時に、長期入院していた弟が楽しめるようにって、樹里さんがコツコツ貯めたお小遣いで飛び出す恐竜の絵本を買って、優里くんにプレゼントしたことがあって……」

その時のことを思い出しているのか、看護師は懐かしそうに目を細める。

「それがすごく嬉しかったんでしょうね。優里くんは絵本作家になりたいって言い出して、それまで後ろ向きだったリハビリも頑張るようになったの」

リハビリという言葉に、幸音は自分の境遇と重ねたのか苦笑いする。

「優里くんは手先が器用だったこともあって、自分で仕掛け絵本を作るようになってね。高校生の時、入院中にコツコツ制作した絵本がコンクールで優秀賞をもらって絵本作家になる夢を叶えたの。で、幸音くんが持ってるその三冊を出版したんだけど……」

そこで表情を曇らせた看護師は、幸音の母親にチラッと視線をやってから、何かを確認するように頷き合い、話を続けた。

「優里くんは病気が悪化してしまって、去年の春先に亡くなってしまったの」

「え……じゃあ……」

看護師の話に、幸音は手元の絵本三冊をまじまじと見つめ、これ以外の作品がないことを察すると、がっくりと肩を落とした。

「そっか、だからあのお兄さん、僕が本を買った時、なんだか寂しそうな顔をしてたのかな？　この本を作った弟がいなくなっちゃったから……」

しばらくうなだれていた幸音だったが、不意に何かを思いつき、立ち去ろうとした看護師を引き止める。

「ねえ、やっぱりもう一度外に行ってきちゃダメ？　僕あのお兄さんに会って、言いたいことがあるんだけど……」

幸音のいつになく真剣な表情に、看護師と母親は顔を見合わせて頷き合う。

「もう陽が傾いて風が冷たくなってるから、ジャケットを羽織って温かくしていくこと。伝えたいことを伝えて、すぐに戻ってくるのなら許可します」

「ありがとう！」

橙色に染まった夕空の下、中庭では店長の青年、樹里がひとりで黙々と撤収作業をしていた。母親に車椅子を押されて再び訪れた幸音に気がつき、樹里は穏やかな笑みを浮かべる。

「もう店じまいですけど、どうかしましたか？　もしかして、ご購入いただいた本に落丁など何か問題がありましたでしょうか？」

樹里は絵本を抱き締めている幸音の車椅子のそばまで近づいてくると、昼間と同じように幸音の目線に合わせるようにしゃがみ込んだ。それは些細な行動だったが、優里とのエピソードを聞いた後だからわかる。きっと樹里は弟の前でも、いつもそのようにしていたのだろう。弟想いの優しい兄だったのだろうなと幸音は思った。

「この絵本を作った人のこと、看護師さんに聞いて……それで、あの……僕、明日からはリハビリちゃんと頑張って、いつか宇宙飛行士になってみせます！　この絵本もずっと大事にします！　だからお兄さん、元気出してください！」

幸音は自分の想いを樹里に思い切って伝える。上手く言えないけれど、樹里の弟の分まで頑張って生きようと思ったからだった。

樹里の方は思いがけない言葉をかけられ目を丸くしたかと思うと、不意に顔をゆがめて目元を片手で覆った。何度かわずかに肩を震わせてからゆっくりと手を下ろすと、今度はその手を幸音の頭の上にポンと優しく乗せる。

「優里も俺もキミの夢、全力で応援するよ。わざわざお話しをしに来てくれて、ありがとう。お兄さん、すっごく元気出たよ！」

そう言って樹里が満面に笑みを浮かべたので、幸音も嬉しくなって笑顔の花をパッと咲かせる。

その時ちょうど、まるで二人の会話を聞いていたかのように、助手席にいた白猫のカイリも「みゃおう」とどこか嬉しそうに鳴いたのだった。

月刊 たかしくんをつくる

鳩見すた

枕元に置かれていたクリスマスプレゼントを、僕は兄にあげた。

当時の僕は十歳で、兄は十一歳だった。サンタという名の父からゲーム機をもらった兄は、僕のプチ四駆サーキットもうらやましがった。

「貴史、プレゼントをお兄ちゃんにあげちゃったの？」

ふたつのおもちゃに喜ぶ兄を見て、母が血相を変えて飛んできた。

「お兄ちゃんが、欲しいって言ったから」

答えると、母は悲しそうに眉を下げた。

「もしかして、貴史はほかに欲しいプレゼントがあったの？」

「ないよ」

僕は学校で必要なもの以外、親にねだったことはない。もらったお年玉もおこづかいも、ずっと手つかずだ。

「ねえ、貴史はなにか好きなものってある？」

「わからない」

僕は「好き」を理解できなかった。

でも、「嫌い」はわかる。

たとえばピーマンは、口に入れると苦いので「嫌い」だ。

イチゴは口に入れても苦くない。だから「嫌い」じゃない。

じゃあイチゴが「好き」なのかと聞かれると、途端にわからなくなった。僕はバナナもメロンも、口に入れるのが「嫌い」じゃないからだ。

「貴史は変わらないわね」

母はため息をつき、朝食の支度に戻っていった。

それから数日後、ポストに入らないくらい大きな郵便物が届いた。

分厚い封筒の宛名は『たちばなたかしくん』、つまり僕になっている。

「開けてみて、貴史」

母に言われて封筒を破ると、中から辞書みたいなマンガ雑誌が現れた。

「ココロコミックだ！」

兄が取り上げてはしゃぐと、母がすぐに「これは貴史の」と奪い返す。

「ずるい！　ぼくだって読みたい」

「あのね、貴史の服は全部お兄ちゃんのお下がりなの。だから本くらいは、弟を先にしてあげて。お兄ちゃんなら、できるでしょう？」

母にたしなめられると、兄は渋々ながらにうなずいた。

「貴史、聞いてね。これから毎月一冊、あなた宛に本が届きます。貴史にはそれを読んでほしいの。感想はいらないわ。ただ読むだけ。できる？」

僕は母にうなずいて部屋に戻り、勉強机でココロコミックを読み始めた。

最初のプチ四駆特集から目を通していく。プチ四駆は組み立て式のレーシングカーとあった。「小学生に大人気！」らしい。

その後はマンガが続いた。お尻を見せて笑われる子どもの話、ヒーローに変身して戦う子どもの話、カードバトルで地球を救う子どもの話があった。

全部の内容を確認できたので、母に読了の報告をした。

「お母さん、ココロコミックを読んだよ」

「早かったわね。なにか面白いマンガ……あ、いまのなし。感想は言わなくていいから、これからもずっと読んでね」

その後もココロコミックは毎月送られてきたけれど、母が感想を求めてくることはなかった。母はいつも兄の世話で忙しい。

学校でも同じで、僕に話しかけてくるクラスメイトはいなかった。休み時間はただ机に座って、ふざけている男子を眺めている。

あるときふと気づいた。どうもクラスの男子たちは、ココロコミックに連載されているマンガのキャラをまねしているらしい。

その日の国語の授業で、先生がこう質問した。

「泣きじゃくって『家に帰る』と言った妹に、お兄ちゃんはなにをしてあげればよかったと思う？」

指名された数人が、「引き止める」とか、「なぐさめる」と答えた。

「じゃあ次の人で最後ね。橘（たちばな）さんなら、どうしてあげる？」

「こうします」

僕は黒板の前に立ち、ズボンとパンツを下ろした。

みんなの答えから、泣いている状態を改善しろという問題だと考えた。

だからコロコロコミックで得た知識で、笑わせるべくお尻を出した。

クラスの男子はみんな大笑いした。正解だと思ったら、女子はきゃあと悲鳴を上げた。先生にもひどく怒られ、母が学校に呼びだされた。

「貴史。授業中は、お尻を出さないでね」

母はそれだけ言って、家に帰ると兄の宿題を手伝った。夕ご飯は父がお寿司に連れていってくれた。母は「わさびが辛い」と言って泣いた。

お尻の件以来、クラスの男子から遊びに誘われるようになった。

僕はプチ四駆サーキットで遊んだり（兄が飽きた）、みんなに請われてお尻を出したり（授業中ではないので了承した）、好きな女子の名前を聞かれて「みんな嫌いじゃない」と答えたりした（あだ名が「ハーレム」になった）。

小学校を卒業し、中学生になった。

するとコロコロコミックの代わりに、薄いマンガ雑誌が届いた。

男女がケンカして仲直りしたり、グルメな親子がケンカして仲直りしなかったり、若者が闇金業者とケンカして死んだりするマンガが載っていた。

でもこの雑誌は一回きりで、次の月には違う本が届いた。

中学の野球部を題材にした小説で、これも部員同士がケンカしていた。

小説はマンガよりも読むのに時間がかかる。僕は学校でも休み時間に読書をするようになった。ときどきクラスの女子に声をかけられた。

「橘くん、本が好きなの？」

「わからない。口に入れたら嫌いになるかもしれない」

「なにそれ。橘くん、面白いね」

マンガを読む限り、ケンカをする人間はみんな「面白くない」と言う。僕は温厚な人物と捉えられたようだ。

その後も僕は、送られてくる本を読み続けた。

サッカー雑誌、ミュージシャンのエッセイ、詰め将棋の傑作選など、ジャンルは多岐に渡った。どれも「嫌い」ではなかった。

僕は将棋盤を買った。詰め将棋を頭の中で考えるのは難しく、実際に将棋盤があれば便利だと思ったからだ。初めておこづかいを使った。

将棋盤は思った通り便利で、ひまなときにもなんとなく眺めてしまう。

そんな僕を見て、「おまえ、将棋が好きなんだな」と兄が言った。「好き」とは見飽きないものを指すらしい。

中学三年の夏、僕はやはり学校で本を読んでいた。

「橘くん、なんの本を読んでるの？　面白い？」

この女子は、僕が読書しているといつも声をかけてくる。夏期講習の休憩時間だったので、教室には僕たちだけだった。

「わからない。『面白い』には色々な意味があるから」

「『面白い』って、続きが気になるってことじゃないかな」

「その定義は違う気がする。以前きみは僕を『面白い』と評したけれど、僕という人間の『続き』は気にならないはずだから」

「気になるよ、って言ったら告白したみたいだね。まあ……したんだけど」

「そうなんだ」

僕は引き続き夏期講習を受けたけれど、彼女は早退したようだった。

以降は僕が本を読んでいても、彼女は話しかけてこなくなった。

高校生になった。本は変わらず送られてくる。料理のレシピ本やパソコン雑誌といったものより、僕は小説を好んだ。

自分と違う人生は「面白い」。それはあの女子が言った定義、すなわち「続きが気になる」だけではないように思う。

ハードボイルドを読み終えると、僕は初めてブラックでコーヒーを飲んでみた。青春をテーマにした物語を読んだときは、体育の授業で仲間が得点した際に自然とガッツポーズしていた。ラブコメのライトノベルを読んで、僕は中学時代にあの女子を傷つけたのだと気づいた。胸がざわざわして、なぜか大声で叫んでしまった。「うるせえ！」と兄から枕を投げられた。初めてつかみあいのケンカになった。僕は温厚ではなかった。

小説を読むと、なぜか少しずつ新しい経験が増えていく。

卒業間近になって彼女ができたのも、恋愛小説の影響かもしれない。

ただ、受験には失敗した。

「顔はシュッとしてるし本ばっか読んでるから頭よさそうだけど、実際は俺と同じでおまえはバカだ。黒木（くろき）さんは自分のせいで貴史が大学に落ちたと思ってるかもしれないから、ちゃんとフォローしとけよ」

　浪人生だった兄に言われて納得し、僕は自分の頭が悪いこと、及び交際のせいで受験を失敗したわけではないことを黒木に説明した。

「橘は賢そうに見えて、あたし以上のアホだって最初から知ってたよ。んでも成長途中のアホだから、来年は絶対受かるって。がんばれ」

　黒木は笑い飛ばした。黒木はいつも笑っている。

　浪人中は参考書のほかに、時代小説が送られてきた。本物の浪人たちの苦労と生き様を読み、自分もかくあるべしと勉強に身が入った。おかげで地方の大学に合格した。兄は二浪したが、ひとり部屋になることを喜んでいた。強がりだと思ったので、武士の情けでなにも言わなかった。

　本はひとり暮らしの下宿にも届いた。送られてきたのは戦時中の物語で、空襲を避けて田舎に疎開した兄妹が、東京の母に手紙を書く話だった。

これまでの本はどれも刺激があったけれど、今回はあまりぴんとこない。

僕はこのときになって初めて、封筒の送り主を確認した。

『有限会社　あべ書店』となっている。住所は隣県らしい。

それにしてもなぜ、毎月「たちばなたかし」宛に本が届くのか。両親が頼んでいるのだとは思うけれど、仕組みがよくわからない。

翌日、僕は早起きして電車に乗り、「あべ書店」を訪ねてみた。

個人経営の小さな店だった。中央に雑誌の島があり、それを文庫やマンガの書架が囲っている。レジのそばには文具やレターセットが並んでいた。

「すみません。この店から毎月本を送ってもらっているんですが」

レジの内側で、雑誌にビニール紐(ひも)をかけていた七十年配の男性に尋ねる。

すると男性は、僕の顔をまじまじと見て言った。

「きみは……橘貴史くんかい？」

「そうです。どうしてわかったんですか」

「ちょっとね。いやしかし、大きくなったなあ。少し待ってくれるかい」

男性はうれしそうな笑みを浮かべ、店の奥へ続くドアへ消えた。

やや長い『少し』が過ぎ、男性が紙袋を抱えて戻ってくる。

「挨拶が遅れたね。店主の阿部（あべ）です。貴史くんは、選書サービスの解約にきたんだろう？　だとしたら、少し待ってもらえないかな」

解約もなにも、『選書サービス』という言葉自体初めて聞いた。

そう答えると、店主が説明をしてくれる。

料金を支払うと、毎月一冊の本を届けてくれるサービスらしい。郵便代金はかかるけれど、本をセレクトする手数料などはないそうだ。

「依頼者とは事前に手紙でやりとりをして、なるべくリクエストに沿うように本を選ぶんだけどね。これが難しいんだ。特に子どものお客さんは、本からの影響を大きく受けるからね。情操教育ってやつだよ」

店主がカウンターに紙袋の中身を出した。

「これは全部、きみのお母さんから受け取った手紙だよ。いま電話して許可を取ったから、読んでみてごらん」

レジカウンターに積み重なった手紙は、百通近くありそうだ。

手近な一通を読んでみる。長文だった。二通目、三通目と読みふける。

どうやら僕は、小学校に上がる前から両親に心配をかけていたようだ。

表情に乏しい。声をあげない。幼稚園の友だちに意地悪をされても、ただその場に突っ立っているだけ。心配した両親は、僕を病院に連れていった。

先天的な疾患を疑ったものの、検査結果は特に問題がなかったらしい。「焦らず、干渉せず、長い目で見守ってください」という医師の言葉を信じ、母は辛抱強く僕を育てた。

しかし小学校に上がっても、僕は『おともだちと、あそびましょう』と通知表に書かれる子どもだった。母は耐えかね、僕を別の病院に連れていった。

やはり病名はつけられず、逆に医師からこう言われた。

『息子さんはあなたとは違う人間です。決してあなたと同じようには育ちません。親の過干渉が、情緒の発達を阻害している可能性もあります』

ただ息子を心配していただけの母は、ショックに打ちひしがれたという。

それからは努めて愛情を表に出さないようにしたが、十歳になっても僕は変わらなかった。「貴史は変わらないわね」と、母はあきらめかけた。

そんな折、偶然この店の選書サービスを知ったらしい。

「貴史くんが学校でお尻を出したと聞いて、私は頭を抱えたよ。でもお母さんは大喜びで、きみの写真まで添えてくれたんだ」

あの件をつづった母の手紙には、うれしさがにじみ出ている。

『笑わないあの子が、人を笑わせようとしたんです！』

以降もクラスの男子と遊ぶようになったときや、自分のこづかいで将棋盤を買ったとき、そして兄とケンカをしたときなど、特に字が弾んでいた。

「母は僕に、本の感想を一度も聞きませんでした。会話もそれほど多くなかったと思います。母はどちらかと言えば、兄の世話を焼いていました」

「冷たいと思われても、ぐっとこらえて干渉しないようにしたんだよ。『この子は自分とは違う』って言い聞かせて、見守る愛に徹したんだ」

僕が高校生になってからも、母は手紙で過度に一喜一憂している。

「お母さんは、ご両親に愛されて育った。だから貴史くんのこともそうやって育てたかったけれど、きみはそれが不向きな子だった。その手紙は、全部お母さんがきみに語りかけたかった言葉だよ」

ふいに、涙がこぼれた。

「泣くなよ。こっちまで泣いちゃうだろ。きみが泣くなんて」

店主が瞳を潤ませながら、ちーんと鼻をかんだ。

「小説を読む以外で泣いたのは、覚えている限り初めてです」

「私じゃなくて、お母さんの前で泣いてほしかったよ。きみはこうやって立派に育ったけれど、ひとり暮らしを始めてお母さんとは離れてしまった。それでつい、お節介じみた選書をしてしまったんだ。すまなかったね」

戦時中の疎開物語は、店主から僕へのメッセージだったらしい。

「今回の本は取り替えるから、もう少しだけサービスを続けてくれないか。これじゃあ、きみのお母さんに申し訳が立たないよ」

「いえ、サービスは解約させてください」

僕が断ると、店主が信じられないという顔をする。

「もう大人になったので、これからは自分のお金で本を買いにきます。だから阿部さん、毎月一冊おすすめを教えてください」

「それはうれしいが、やっぱりお母さんに悪いよ」

「阿部さんも、母と同じく僕を作ってくれたひとりです。あなたのおかげで僕は『面白い』や、『好き』を知ることができました。だからこれからも続けたいんです。母には僕から説明します。今日はこれをください」

僕はレジの付近にあったレターセットを差しだした。

「ああ……お母さんも、きっと喜ぶよ。利益はないし手間もかかるけど、やっぱりこのサービスを続けてよかったなあ」

泣き笑う阿部さんの書店は、昔から知っているようで居心地がよかった。

いつも笑っている黒木にも、彼女を作った書店があるのかもしれない。

いつの日か機会を見つけて、僕はその店に行ってみたいと思う。

かたつむり書店

鳴海澪

入荷した本の伝票チェックを終えた晴子は、椅子の上で腰を伸ばしながら深く息をついた。

「いい加減、引退すればいいのに。もうすぐ七十になるんだし、潮時だよ」

先日腰を痛めた母を心配して手伝いに来ている娘が言う。

「たいして儲からないんだから、元気なうちに店を畳んで、近くにおいでよ。お兄ちゃんも心配してたよ」

「そうねえ……でも、この辺りの本屋はうちだけだからね。困る人もいるのよ」

「ここがなければネットで買うわよ」

軽やかに笑う娘に晴子は、頷く代わりに笑みを返す。

昔ながらの住宅街にあるこの「かたつむり書店」は亡き夫と二人で始めて、もう四十年近くになる。名字の笹谷ではなく「かたつむり」とつけたのは夫だ。

——ちっちゃくても俺たちが背負ってるって感じがするだろう？

あのときの誇らしげな夫の顔は今でも思い出せる。

「まあ……そのうちにね。おいおい考えておくわ」

やんわりと話を打ち切って、晴子は予約本のメモを確認し始めた。

夜の七時ともなれば、住宅街の本屋に来る人はあまりいない。

それでも晴子はパーマをかけた髪をなでつけ、ブラウスの襟を直す。毎回緊張するのを自分でもおかしく思いながら呼吸を整えたとき、書店の入り口が静かに開いた。

「いらっしゃいませ」

金曜日のこの時間、立て付けの多少悪くなった引き戸を音もなく開けるような客はひとりしかない。

「こんにちは」

果たして初夏らしい軽い上着に、シングルタックのボトムを品よく着こなした椿（つばき）が軽く頭を下げて微笑んだ。目じりの皺が親しげに深くなる。

「今日はご贔屓（ひいき）の作家さんの新刊が入っていますよ」

「そうだろうと思いました。かたつむりさんが私の期待を裏切ったことはありません」

阿吽(あうん)の呼吸で答えた彼が、狭い平積み台からその新刊を手に取った。

「今回は今までとはテイストを変えたらしいので、どきどきしています」

そう語る椿の目は活き活きとして晴子と同年代であることを忘れさせる。

彼が「かたつむり書店」に客として初めて訪れてからもう三十年は経つ。

シャツにサンダル履きで顔を出すこの辺りの住民と違い、椿は会社帰りらしいスーツ姿だった。たまたま立ち寄ったのかと思ったが、それから毎週金曜日、椿は必ず顔を出すようになった。買うのはいつも、新書か単行本と決まっている。本を買うより話をしたくて来る客も少なくないが、彼はさほど長話をすることもない。それでもいつしか椿が好きな作家に気づき、近くのマンションに妻と子らの四人で暮らしていることを知り、大手企業に勤めていることを常連客から聞き及んだ。そして三十年の間に椿は退職し、子どもたちが独立した今は妻と二人になり、晴子は夫を亡くした。

それでも椿の足が遠のくことはない。毎週金曜日、ボランティアで外国人労働者に日本語を教えた帰りにいつも顔を出す。

「今日の授業は上手くいきましたか？」

椿が買った本にカバーをかけながら尋ねると、椿が頷く。

「私の力と言うより、生徒さんのやる気のおかげです。異国に来て大変でしょうに、あの努力には頭が下がりますよ」

心からと思える言葉に晴子は微笑む。

どんなときも、椿は自慢したり、嵩にかかったもの言いをしたりしない。

かつて夫が「椿さんみたいな人が、本当に知性があるって言うんだなあ」と感心し、晴子も一気に椿のファンになった出来事があった。

夫がいい小説だからと無理をしてまで多めに仕入れた新刊本を、常連の年配客が鼻で嗤った。誰よりも本をたくさん読んでいるのが自慢のその男性は『こんな本を売っちゃ駄目だね。若造が書いた中身がスカスカの本だよ。笹谷さん、見る目ないねぇ。本屋なら内容のどっしりしたいい本を売らないと長続きしないよ』と、レジ前に陣取って長々と説教めいたことを言って絡んだ。

曖昧な笑顔でやり過ごすしかない夫の側で、晴子も口を挟むことなどできない。ご近所を相手に商売を営んでいれば誰もが一度ならずこういう思いをする。

日付は忘れたがそれは金曜日だったのだろう。いつものように椿が静かに書棚を眺めていた。夫がこのつまらない話から早く逃れられるように願いながら晴子は紺色のスーツを着た彼の背中を見るともなく見つめていた。

晴子の視線を感じたようにふんわりと彼が振り返った。その目はまるで晴子を励ますように微笑んでいた。その笑みは見たこともないほど滑らかで、晴子は上質なビロードの布に包まれたような心持ちになった。

彼は狭い店内をすーっと動いて、話題になっている平台の本を手に取り、レジにいた晴子に差し出した。

『新聞の書評を見て、これを読みたかったんですよ。あってよかった』

驚く夫と顔をしかめた常連客に、椿はにこやかに笑いかけた。

『人生経験のないヤツが書いた話なんて、薄っぺらだよ。金が勿体ない』

『そうですねえ……でも私も二十代の頃は理由もなく浮かれて、ワクワクしていた気がします。若い人が書いた小説でその頃の気持ちを味わえたら楽しいですよね。本を読むときだけは過去に戻れると思いませんか？』

絡んでいた客がどう言ったのかは全く忘れたが、椿というただの客が、晴子の中で特別な人になった瞬間だった。勤勉な夫との毎日は健やかで、晴子は自分の選んだ人生に不満はなかったが、椿との出会いはそれとは違う幸せを晴子に与えてくれた。まるで雲上人が目の前に現れたような浮遊感を覚えた。

夫が急な病でなくなったときも、もちろん椿にそんなつもりはなかったのだろうが、彼は晴子を支えてくれた。

最低限の忌引のあと、晴子は文字通り歯を食いしばって店を開けた。夫が精魂傾けていた店を潰すわけにはいかないし、何より子どもがまだ学生だった。なんとしても店を守り、子どもを一人前にする。その決意で晴子は悲しみに蓋をして働いた。

幸い、夫が誰とでも上手くやっていたおかげで、近所の常連客は離れることがなかったばかりが、何くれとなく面倒をみてくれた。それでも嫌なことはあった。特に同情めかして下心を見せる客には難儀をした。

『奥さん。困ったことがあったらなんでも言ってくれよ。箪笥（たんす）を動かすとか電球が切れたとか。男手がいるときはいつでも行くよ』

『ありがとうございます。でも息子がそこそこ役に立つようになりましたから』

それを奥さんに言ったらどういうことになるんでしょうか？　と、美容室を経営する男の妻を知る晴子は内心で反発しても、表面上は無下にはできない。

あの日は椿がいたのだからやはり金曜日だったのだろう。

何度断っても、またその男は晴子に親切ごかしの迷惑を仕掛けてきた。

『晴子さん。お宅の玄関の鍵を見たんだけど、あれ、古すぎてちょっと不味（まず）いよ。不用心だから今度俺が替えてやるよ』

『いえ――そんなことは……必要なら鍵屋さんに頼みますし』

『そんなの金がかかるしさ。近所のよしみで俺がチョチョイとやってやるって。なに、お茶の一杯も飲ませてくれればいいからさ』

その茶の一杯がのちのちどれほど高くつくのかと、晴子は身構えた。他に客がいるのにこの男が馴れ馴れしい口を利くのは、聞かれて困ることはないという予防線だろうが、それがまた腹立たしい。

晴子が返答に詰まっていると、椿がレジに十冊以上の本を積み上げた。

『休みに読もうと思いまして』

『ありがとうございます』

一気に売れた本に声を弾ませた晴子に椿が微笑むと、晴子にちょっかいを出していた男が面白くなさそうに眉根を寄せた。

『おや、あんた、奥さん目当てかい？　随分と張り込むんだね』

『奥さんではなく、かたつむり書店さん目当てですよ』

下品な当てこすりを、椿がやんわりと受け止める。

『この書店はいつも吟味された本が置いてあって、私の憩いの場所なんですよ。ご主人のことはとても残念ですが、この書店を続けていただきたいと心から願っているんですよ。もちろん、客として本を買うことでしかお手伝いはできませんが。それが一番いいことだと信じています』

静かだが凜(りん)とした椿の口調と態度が、小さな書店の空気を清めた。

あれから何度も年を重ねたが、椿は何も変わらない。いつも穏やかで毅然として、晴子の憧れでいてくれる。

「腰はいかがですか?」

先日腰を痛めたのを知っている椿が晴子を気遣う。

「おかげさまで。ぼちぼちです。この年になると自分の身体に折り合いをつけていくのが仕事みたいなものです」

本を受け取りながら椿は「よくわかります」と笑う。

「でもお嬢さんがお手伝いにきてくださるから、心強いですね」

「そうなんですけどいい加減引退しろって、口うるさいんですよ」

「そうですか。かたつむりさんがなくなるのは残念ですけれどお嬢さんのおっしゃることもわかります。私たちの世代はもう無理はいけません」

ふっと椿の顔を横切った表情は彼らしくなく寂しそうで、晴子の心を揺らす。

「今すぐどうこうってわけではないですから。またいらしてくださいね」

晴子の言葉に椿の顔にさっと明るさが戻った。

夫を亡くしてから晴子は病院が苦手だ。入った瞬間の消毒薬のにおいや、白い壁に蛍光灯と、全てが寒々しく感じて夏だというのに背筋がぞくっとする。

友人の見舞いを終えて、晴子はそそくさと出口に向かったが、急いだあまりに少し足がよろけ、隣を歩いていた男性に肩がぶつかった。

「すみません……あ……椿さん!?」

親切に手を差し伸べてくれた人を見あげて、晴子は声を上げた。

「これは……笹谷さんでしたか。奇遇ですね」

いつもとは違う鬱屈を感じさせる表情だったが、声はいつもどおり穏やかだ。

「友人のお見舞いに来たんですけど……暑くてちょっとまいりました」

病院で偶然会った人に用事を尋ねるのもはばかられて晴子はそれだけ言った。

「私は妻の見舞いです」

彼らしい静かな口調に淀(よど)む暗さに、晴子は椿の妻の病状が決して順調ではないことを察した。

「……そうですか。この年になると病気と無縁ではいられませんね。お早い退院をお祈りいたします。暑いですから椿さんもお気をつけてくださいね」

深く尋ねることをせずに帰ろうとする晴子を椿が呼び止めた。

「お急ぎでなければお茶でもいかがですか？」

その言葉に晴子は年甲斐もなく胸がどきんとする。男性にお茶に誘われたのはもう一昔も二昔も前のことで、そんな誘い言葉があったことすら忘れていた。

だが浮き立った晴子の脳裏にベッドに横たわる椿の妻の姿が浮かんだ。何度か見かけただけだが、椿に似合いの上品な雰囲気の人だった。見舞いに来た夫と語り合うのだけを楽しみにして、今もその余韻に浸っているに違いない。

「ありがとうございます。でも……遠慮します」

晴子は真面目な顔で断った。

「お急ぎですか？」

「いいえ……ただ、奥さまが入院しているなら、ここは奥さまにとっては椿さんとの大切な場所ですよね。私も夫が入院していたとき、病院とはいえ、その場所は夫と私の二人だけのものだと感じていましたから」

晴子は考えながら言葉を繋（つな）いで、椿を見つめた。

「ですから私は、私の場所で椿さんをお待ちします」

自分で言っていて、それはまるで秘めていた思いの吐露のようだと晴子は心が疼（うず）くが、椿はひどく真剣な面持ちで晴子の言葉に深く頷いた。

「……あなたのおっしゃるとおりです、また、書店のほうへ伺います」

その言葉どおり、椿はまた金曜日にやってきて、病院でのことは忘れたように本の話をした。それでも看病疲れの見える椿に晴子はいたわりの声をかけずにはいられない。

「無理をしないでくださいね。私も夫が入院しているときは大変でした」

「ありがとうございます。でも私はここで、日常を取り戻しているんですよ」

何気ない椿の言葉の意味が晴子にはよくわかる。大切な人が入院していることは、とてつもない非日常なのだ。その苦しみはいつも心を押しつぶし、息をするのも辛(つら)くさせる。

椿の胸の重さを少しでも自分が引き受けられるならば、いつでも来て欲しい。

だが何があっても、書店の主人と客の関係でいることが、かつて椿が言ったように『一番いいこと』なのだと、晴子は自分に言い聞かせる。

それから三ヶ月、色づいた木の葉が舞い落ちる頃、金曜日でもないのに椿が書店に顔を出した。

椿の黒い礼服を見た瞬間に晴子は全てを悟り、立ち上がって言葉もなく深々と頭を下げた。

「私は、この書店と笹谷さんのおかげで、心穏やかに妻を見送ることができました」

寂しさの中に肩の荷を下ろしたような気配を滲(にじ)ませて、椿は一礼をした。

律儀に知らせに来てくれた椿の胸の内を思いながら、晴子は初めて店の外まで彼を見送った。

身の置き所がないような本当の寂しさや孤独が押し寄せて来るのはこの先で

あることを、晴子はよく知っている。その容赦のない悲しみが椿という美しい人をもみくちゃにしないで欲しいと、晴子は心から願った。


「もう寒いけど、腰はいいの？　お母さん」

「腰にカイロをはると結構いいわね。若い頃に戻ったみたい」

娘が雑誌を棚に並べながら「無理しちゃって」と顔をしかめる。

「本当に身体の動くうちに身辺整理してよ。私も手伝うから」

「身辺整理っていうのはいらないものを整理することでしょ？　だったら、この書店はお母さんには必要なものなのよ。処分なんてできないわよ」

晴子はきっぱりとそう言った。

椿は少し痩せたが、変わらず金曜日に顔を出して本を買い、晴子と他愛のない言葉を交わす。

——私はここで、日常を取り戻しているんですよ。

それは華やかなことなど何一つなかった晴子の生き方を肯定する、褒美の言葉に聞こえた。

夫と過ごした時間も、子どもを育てる時間も楽しかった。それでも、ときには自分を残していった夫を怨（うら）み、子どもをひとりで背負う責任から逃れたいと激しく心が波立つことがあった。そんなとき、椿との僅かな時間は晴子の心を宥（なだ）め、この小さな書店の価値を改めて感じさせてくれた。晴子もまた、椿がいてくれたから自分を見失うことなく、日常を紡いでいられたと思う。

過去も、今も、そしてこれからも外の世界で、椿と晴子の世界が交わることは決してないだろう。大げさではなく、この書店は晴子と、そして椿だけの小さな宇宙のようなものだ。

「この店はね、名前のとおりかたつむりみたいなものなのよ」

「どういうこと？」

「この書店が私の殻。なくなったらナメクジになって溶けちゃうかも」

「何言ってるのよ」

顔をしかめる娘に晴子は「案外本当よ」と笑った。

記憶の中の本

零谷雫

幼いころから本が好きだった私が書店員になったのは、祖母の影響が大きい。共働きで忙しい両親にかわり面倒を見てくれた祖母は、よく駅前の書店に連れて行ってくれた。お世辞にも品ぞろえが良いとは言えない、こぢんまりとしたお店だったが、いつもいる店員さんは、優柔不断で何を買おうか悩む私に、毎回的確なアドバイスをしてくれた。

知識が豊富で優しくて、笑顔を絶やさない彼女を前にすると、普段は気難しい祖母も、いつの間にか穏やかに微笑んでいた。

「美玖（みく）も、将来はお姉さんみたいな素敵な人になるのよ」

呪文のように繰り返された言葉が記憶の底に刷り込まれ、書店で契約社員を募集する求人に応募したのは、自然なことだったと思う。別業種からの転職で、未経験ながらも即採用されたのは、タイミングが良かった。

ちょうど退職した前任者が担当していた分野が、私が大学で専攻していた分野と同じだったのだ。

書店では大まかなジャンルで棚が分けられ、それぞれに担当がつく。なかでも医学や法律などの担当はある程度の知識が要求されるため、なり手が少ない。毎日、何百冊と入荷される本をしかるべき棚に振り分けるのは、思っている以上に神経を使う。

どこの分野に振り分けるのかを他の棚の担当者と話し合い、自分の棚に入れる本を把握する。棚の空き状況や売り上げの推移を見ながら、返本すべきものを探す。表紙が見えるように陳列する本、新刊のコーナーに積む本、棚にそのまま入れてしまう本に振り分け、黙々と仕事をこなしていく。

この作業に集中できるなら、どれほど新刊があろうとも、綺麗に本を陳列することができる。お客様が見やすく、本を探しやすい棚にできる。

けれど現実はそううまくはいかない。書店員と分かるエプロンをつけて本の整理をしていると、高確率でお客様から「探している本があるのですが」と声をかけられる。

自分の分野の本ならば答えられるのだが、大抵は他の分野の本のため、担当者に確認をするかレジの検索機を使わないと、在庫があるのかもわからない。

本のタイトルが正確ならば、検索ですぐに本を探すことができる。しかし人間の記憶は曖昧で、微妙に間違ったタイトルを言われることが多い。

そのたびに、検索された何冊もの本の中からどれが探している本なのかを確認したり、実際に取りに行ったりしていると、また別のお客様から声がかかる。数珠つなぎにお客様の対応をしているうちに、自分の棚を整理している時間がなくなり、レジ業務の時間になってしまう。

陳列する時間がなく、バックヤードに残った新刊をそのままにすることもできずに残業をする。その間も次々に声をかけられ、残業時間が長くなっていく。

そんな日が続いているうちに、とうとう店長から呼び出しを受けてしまった。

「もっと要領よくやろうよ。絶対に無駄な時間があるでしょ？」

ため息交じりに吐き出された苦言に、うつむいて唇をかみしめる。

自分では要領よくやっているつもりだった。新刊を入れる際にもたつかないように、事前に入荷する本を確認し、棚の空き状況にも気を配っている。

それに、レジの業務や、棚の整理だけが仕事ではない。

本部から届くフェアの確認、出版社から増刷や新刊を知らせるファックス、新聞やテレビに取り上げられるというお知らせ。日々たまっていく本部からのメール、掲示板、溜まったファックスの整理。

繁忙期になると、レジの台数を増やすために延びていくレジの時間。それでも減らない新刊、既刊、フェア、メールやファックスの締め切り。レジの人手が足りなくなれば呼び出され、作業の手を止めてレジへと走る。やっと手が空き、本を棚に並べようとすれば、お客様からの質問の連続。

質問を受けるたびに、表情がこわばっていくのを感じる。足りない時間の中、求められるサービスに、心がすり減っていく。

「すみません」

そう声をかけられるたびに、胸の奥に黒い感情が溜まっていく。

なぜ自分で探せないのか、なぜ安易に聞くのか、なぜレジに立つ店員に声をかけないのか。

棚の前で作業している店員は、質問を受けるために存在しているわけじゃないのに！

気持ちばかりが急いて疲弊していく自分の姿は、子供のころに憧れた書店員の姿とはかけはなれたものだった。

その日はちょうど週の真ん中の平日で、あいにくの天気のため客足が鈍かった。売り上げ的には憂慮すべきなのかもしれないが、平書店員にとってはお店の売り上げよりも、普段できない作業ができるということのほうが重要だった。

忙しさに追われ、グチャグチャになっていた棚を整理する。久しぶりにすっきりと見やすくなった棚に、思わず口元が緩む。

「あの、すみません」

背後から控えめにかけられた声に、思わず肩がビクリと上下する。

すっかり苦手になってしまった質問の声掛けだったが、今日は時間に余裕があるからと自分に言い聞かせ、笑顔で振り返る。

「はい、どうかなさいましたか？」

「本を探しているのですが」

「本のタイトルをお聞きしてもよろしいでしょうか？」

「……すみません、タイトルが……その、ちょっと分からなくて……」

申し訳なさそうに小さく肩をすぼめる年配の女性に、数年前に亡くなった祖母の姿が重なる。

「大丈夫ですよ。では、出版社や作者の名前はお分かりですか？」

「それも、あの……ちょっと……」

実はこのような問い合わせは、少なくない。タイトルも出版社も著者名も分からないが、何日か前の新聞に載っていた本や、テレビでだれだれが言っていた本、というような情報で質問を受けることがある。

こう言った曖昧な情報のみで本を探す場合、とても時間がかかる。時にはお客様の記憶違いで、何時間も探した挙句に、もう結構ですと言われてしまうことがある。

長時間待たされた挙句に本を探すことができなかったと、クレームに発展することさえある。そういったリスクを減らすためにも、情報の少ない問い合わせは、もう一度詳しく調べてからお越しくださいと、お断りしている書店員も多い。

「どういったジャンルの本をお探しですか？」

「小説、だと思うんですけれど、私ももっと聞いておけば良かったわ」

「どなたかに頼まれた本ですか？」

「そう言うわけでもないの。頼まれてはいなくて、私が持っておきたい本なんだけど……。そうよね、こんな情報だけじゃ探せないわよね」

諦めたような力のない笑顔に、記憶の中の祖母の笑顔が重なる。癌（がん）が進行していて、もう手立てがないと知ったときの、仕方がないわよねと呟いたときの顔と同じだった。

「自分でもう少し考えてみるわ。お仕事中にごめんなさいね」

ペコリと頭を下げて去っていく背中に、思わず声をかける。

「あの、もしお時間をいただけるようであれば、一緒に探してみませんか？

インターネットで検索すれば、少ない情報でも探せるかもしれません」

女性は悩むように足元に視線を落としたが、すぐに顔を上げると、申し訳なさそうに眉根を寄せて頷(うなず)いた。

「じゃあ、少しだけ。お願いしてみようかしら」

「はい！　では、こちらへどうぞ」


女性が探していたのは、かなり昔に発行された文庫本で、ジャンルは冒険小説、タイトルに「島」という文字が入っていたという。

「私も一度、何十年も前に夫から内容を聞いただけだから、もう記憶が曖昧でね。間違っているところがあるかもしれないけれど」

そう前置きしてからゆっくりと語られる話を、手書きでメモする。

主人公は年配の男性、亡くなった奥さんは資産家で、古い地図を家宝にしていた。地図には複雑な暗号が書かれており、男性はなんとかそれを解読すると、宝を見つけるべく冒険の旅に出かける。

旅の間に素敵な女性と出会い、仲間ともめ、自然の驚異に翻弄される。宝を狙う敵と戦い、そして物語の最後では宝が何なのかが示される。

テンプレートと言っても差し支えないほど王道の内容に、果たしてこの情報だけで本が特定できるのだろうかと、安易に引き受けたことを後悔し始める。

主人公の名前や、せめて旅の途中で恋に発展した女性の名前を憶えていたら検索しやすかったのだが、仕方がない。

「この話をしているときの夫は楽しそうでね。こんなに面白い話は初めて読んだ、これを書いた人は天才なんだって、自分のことでもないのに自慢げでね」

手書きのメモを見ながら、パソコンの検索サイトに思いついた単語を入れていく。ヒットする数は多いものの、これという情報が出てこない。

「それほど面白いってことは、有名な作家さんの本なんですかね？」

「いいえ、たしかそれ一冊しか出してないはずよ」

相談カウンターの椅子に腰かけた女性が、膝の上に乗せた小さなハンドバッグをギュッと握る。何かを思い出すように口をすぼめ、軽く首を振った。

「ええ、そう。その本を出して、少ししてから事故に遭って亡くなったから。夫がお葬式に行ったって言っていたわ」

「作家さんと旦那さんはお知り合いだったんですか？」

「大学の同期だったの。サークルも一緒で、意気投合して、かなり仲が良かったみたいだけど、結婚するとどうしても疎遠になってしまうから」

結婚をしていない身でも、言いたいことは分かった。就職してから会わなくなった大学の友達の顔が浮かぶ。あんなに毎日一緒に遊んでいたのに。もう何年も顔を見ていない。時々ＳＮＳメッセージのやり取りをする程度だった。

「主人も昔、小説を書いていたらしいわ。サークルで同人誌を何冊か出したみたいなんだけど、就職を機に全部捨ててしまったと言っていたわ。一度読んでみたかったわってボヤいたときに、その本の話をしてくれたのよ」

検索結果に表示されるいくつかのタイトルをメモしながら、押し黙ってしまった女性の顔を見る。遠い昔のことを思い出していたのか、ぼんやりと宙を見つめていた女性が顔を上げる。

「その本に出てくるいくつかの場面のアイディアは、俺が出したんだって言ってたわ。嘘だか本当だかわからないのだけれどね。でも、その本の巻末のスペシャルサンクスっていうのかしら？　お世話になった人のところに、主人の名前が書いてあるらしいの」

「それは凄いですね。でもそれなら……」

旦那さんは何冊か持っていたのでは？　そう言いかけて、お客様の内情に踏み込むべきではないと思い至り、口を閉ざす。

「主人が持っていた本は、主人の棺に入れたの。私はあまり本を読まないたちだから、別に手放してしまっても良いと思ったの。こんなに後悔するなんてね」

自嘲気味に微笑んで、女性は小さく息を吐いた。

「主人が亡くなって数年たってね、あの時の本を手元に置いておきたくなったの。本屋で少し探せば見つかると思っていたのよ。手放すときに、せめてメモでも残しておけば良かったのよね。でも、何百回も聞いた本のタイトルを忘れるなんて、思わなかったの」

唇をかみしめた横顔が本当に悔しそうで、見ているこちらも唇をかむ。

女性の話を聞きながら、検索したメモに視線を落とす。候補はいくつかあるが、おそらくこれではないと思う。実際、メモに書かれた本の作者は何作か世に出していたし、つい最近亡くなったばかりの人もいる。作者はもっと昔に亡くなっているはずだ。

何か特定できるような手掛かりはないか。メモとパソコンの画面を見比べながら考える。必死に記憶をたどり、頭をフル回転させ、会話を一つ一つ思い出し、ふとそのことに思い当たると、思わず「あっ!!」と声を上げた。

「あの、差し支えなければ、旦那さんの出身大学を教えていただけませんか？」

目を丸くしながらも、女性は大学名を教えてくれた。

検索欄に大学の名前を打ち込み、検索がかかりやすくなるよう、いくつか関連する単語を入れる。検索結果を上から順番に見ていき、読書記録が書かれた個人ブログに行きあたった。

「あの……この本で間違いないですか？」

パソコンのディスプレイを回転させ、座っていた女性の方へ向ける。

指し示した場所を見た女性の表情が一瞬だけ固まり、ふわりと口元が緩む。

「そう……そうだわ！　これよ！　この本だわ……！」

「良かった！　ただ、古い本なのでお取り寄せできるかは……確認してみないと分からないですね。もしかしたら絶版でどこにもなくて、古書店をあたるしかない場合もあります」

ページを切り替えて、店舗の検索システムにつなぎ店内の在庫を調べるが、当然のように「在庫なし」と出ている。次に取次店の在庫を調べるが、どこにも在庫はない。ここまで来たなら、うちの売り上げにはならないが、ネット書店の在庫状況も調べてしまおうか。そう考えながらも、微かな望みをかけて系列店の在庫状況を調べ、再び大声を上げそうになるのをぐっとこらえた。

心臓がバクバクと早鐘を打つ。たった一冊だけ、九州の店舗に在庫ありと書かれていた。

「あ、あの……他店の、九州のお店に、もしかしたら……あるかもしれません」

「本当ですか!?」

「はい。ただ、システム上の在庫管理ミスという可能性もありますし、実際に店舗に電話をかけて在庫を確認してもらいます」

震える手で電話帳から番号を呼び出し、在庫の確認をお願いする。長い保留音に、もしかしたら見かけ上の在庫になってしまっているのではないかと、嫌な想像が脳裏をよぎるが「お待たせいたしました」と電話口に戻ってきた声はさわやかだった。

「在庫確認できました。ただ、古い本ですので、多少傷みがあるとのことなのですが……」

「かまわないわ。多少傷んでいても、本は本なんだから」

店舗間の配送システムを使う都合上、取り寄せの日数は多くかかる。

一週間から十日後、入荷次第お電話しますと告げると、女性は満面の笑みで「楽しみだわ」と言った。

「本当に本当にありがとう。私だけだったら、きっとあの世に行くまで見つけられなかったわ。あなたがいてくれて、本当に良かった。ごめんなさい、お名前を聞いても良いかしら？」

「森田美玖ともうします」

「もりた、みくさんね。……覚えたわ。本を取りに来るときに、また会えたら良いわね」

本当に嬉しそうに、心の底から楽しみな様子で言っていた女性だったが、本の入荷連絡をしても電話がつながらず、十日を過ぎても来店することはなかった。

未連絡のコーナーに置かれた本が引き取られたのは、お店に到着してから一か月後のことだった。


その日お店に行くと、今か今かと待っていたスタッフに捕まえられた。

「あの、未連絡にずっと置いてあった本、頼んだのは森田さんですよね？」

「そうだけど？」

「昨日の夜、やっと電話がつながったんです。それで今、本を頼んだ女性の息子さんがいらしていて、森田さんに聞きたい話があるって言っているんです」

「……クレーム？」

「いえ、そういうのではなくて」

急いでエプロンをつけ、出勤の打刻をする。

「あの……亡くなったんだそうです。頼んだ女性。本を頼んだ三日後くらいに倒れて、そのまま……」

「えっ……」

あれほど探し求めていた本を、手にすることなく亡くなってしまった。その事実に、目の前が暗くなる。あんなに本を受け取る日を、楽しみにしていたのに。

心配そうな顔で見つめるスタッフにお礼を言い、応接室の扉を開ける。椅子に座っていた男性が慌てて立ち上がろうとするのを制し、お悔やみの言葉を述べると、手前の椅子に座った。

「お仕事前にお呼びして申し訳ありません。どうしても、なぜ母がこの本を取り寄せたのか、注文した時の状況が知りたかったんです。……あの日私が帰宅するんだと、母はいつになく上機嫌で、長年探していたものが、やっと見つかったんだと言っていたんです」

ぽつぽつとしゃべり始めた男性の言葉に耳を傾ける。女性は、本を取り寄せたという事実のみを語り、どんな本なのか、何故取り寄せたのかは説明してくれなかったという。

「本が届いてから話すわと言っていたのですが、こんなことになってしまって。……母は楽しそうに、とっても素敵な書店員のお姉さんに助けてもらったと言っていました。興奮して言えなかったけれど、ちゃんとお礼を言いたいから、本を引き取りに行くときに会えたら良いなと。本当に……楽しそうで……」

また会えたら良いわね。そう言っていた時の、とても嬉しそうな笑顔を思い出す。

私も、また会いたかった……。

心の中でそう呟き、私はあの日の出来事を話し始めた。

あなたの『好き』をおしえるもの。

桔梗楓

ガラスの扉を開けたら、新しい紙とコーヒーの匂いが私を出迎えた。

街のブックカフェ。購入前の本でも、本屋併設のカフェに持ち込んで読むことができる、便利なところだ。私はあたりを見回しながら、今年で三歳になる私の子供、拓己（たくみ）の手をつかんでブックカフェに入った。

ここでは、毎週水曜日に幼児向けの絵本の読み聞かせをやっている。すでに読み聞かせは始まっていて、カフェの一角では、同世代のお母さんや、拓己と同じくらいの子供が、読み聞かせボランティアを囲んで座っていた。

私は、その輪から少し離れた席に座る。

「ちゃんとここにお座りしてね。お店なんだから、いい子にして」

拓己をソファに座らせて言い聞かせるも、拓己は「うん！」といい返事をしたそばからソファを降りて、床に這いつくばった。

「だから、そういうことをしないでって言ってるの！」

慌てて拓己を持ち上げて、ソファにもう一度座らせる。しかし拓己はイヤイヤと首を横に振って「やだぁ～！」と泣き始めた。そのままソファに寝っ転がって、手足をばたばたさせる。

これが困るので、私はあの輪に入れなかったのだ。

拓己はいわゆるイヤイヤ期。自分の思い通りにならないと、すぐに怒りだして泣き叫ぶ。拓己がこうしていると、周りは私を『ダメな親』だと決めつけて、冷めた視線を向けてくる。

他人はもちろん、義母も実母も。夫はそういう目はしないけど、どうしたらいいかわからないみたいで、いつも困った顔をしている。

辛くて、苦しくて、私はすっかり家の中に引きこもってしまった。

そんなある日、夫が『ブックカフェで読み聞かせしてるみたいだよ』と、チラシを渡してきた。夫はいろいろ考えて、せめて私が息抜きできるようにと気遣ってくれたのだろう。『紅茶でも飲みながら、ゆっくりしてみたら？』と言っていた。

その時、私は心のどこかで少し期待していた。もしかしたらこの機会に、拓己が本を好きになってくれるのではないかと。

「ほら拓己、あそこで絵本を読んでいるよ。行ってみようか」

暴れている拓己に話しかける。しかし拓己はイヤイヤと首を横に振ってテーブルの下に潜り込んでしまった。

はあ、とため息をつく。やっぱりな、と落胆する。

拓己は絵本に興味のない子供だった。私がどんなに読み聞かせをしても聞いてくれない。ジッとしていてくれない。手遊びに夢中になる。

無駄足だったな、と思った時、私の傍に壮年の女性書店員がやってきた。

「絵本の読み聞かせでしたら、もっと近くに行ってもらって大丈夫ですよ」

「いえ、ここで構いません。どうせうちの子、絵本に興味ないですから」

下を向いてそっけなく返す。拓己はテーブルの脚が気になるのか、手でつかんでぐらぐら揺らしていた。

「あら、そんなところで遊ぶのは危ないよ。あっちに面白いのがあるけど、遊んでみる？」

書店員が指さした先には、小スペースのキッズルームがあった。拓己が大好きなボールプールもある。

「お母さん、構いませんか？」

書店員が私に尋ねた。キッズルームの様子はここからでも見えるので、安心だろう。私が頷くと、書店員はニッコリ微笑んで、拓己の手を握り、キッズルームに案内してくれた。そしてこちらに戻って来て、私の隣に座る。

「飲み物注文できますよ。何か頼みますか？」

「あ、そうですね。じゃあ……ミルクティーを買ってきます」

私はカフェのレジで温かいミルクティーを注文する。席に戻ってゆっくり飲むと、ほんわりと心が和んだ。

こんなにのんびりした気持ちで好きな飲み物を飲むなんて、ずいぶん久しぶりな気がする。キッズルームに目を向けると、拓己はさっそくボールプールで遊んでいた。

「お疲れのようですね。たまにはゆっくり休んでください」

店員の優しい一言に、じわりと目頭が熱くなる。

「ありがとうございます」

　他人に気遣ってもらえるのは、どうしてか嬉しかった。胸にこみ上げるものを感じて、つい弱音も口にしてしまう。

「子供は小さいうちから本をたくさん読み聞かせて情緒を育てないといけない。でないといい子にならない。……ずっとそう言われていて、私は何度も読み聞かせをしようとしたんですけど、拓己はいつもあんな感じで」

　手元の紅茶カップの取っ手を、意味もなく弄る。

「正直に言うと、私自身、本を読むのが好きじゃないんですよね。そういうところが、たぶん、似てしまったんだと思います」

　妊娠して、プレママ教室に参加するようになって、いつも教えられてきた。子供のためになる絵本を読めと。実母と義母も口を揃えて言った。『良い本は良い子供を育てる』と。

　自分の好きなことは全部捨てて、子供のために百パーセント努力するのが親として当然の行いなのだと、教壇に立った『講師』は言っていた。

母親になった途端、周りは当たり前のように、私が持っていなかった能力を強要してくる。母としての愛情。絵本の読み聞かせ。何時間も一緒に遊んであげること。泣きわめく子供の要求をすばやく察知すること。

そんなことできないと嘆いても許してくれない。できて当たり前。できなければ親の資格なし。そんな目で見られる。

だから自分はダメな母親なのだ。出来損ないの母親なのだ。

「母親になったからといって、本好きじゃなかった人が、いきなり本好きになれるわけないですよ」

それなのに書店員は、私の悩みを吹き飛ばすように、明るい声でそう言った。

「え……？」

「ちなみに、私だって興味ないジャンルの本なんてサッパリです」

「そ、そんなこと、書店員さんが言ってもいいんですか？」

「書店員だからって、すべての本が好きとは限らないですよ」

あはは、と壮年の書店員は軽く笑った。重かった私の心が、ほんのり軽くなった気がした。

「私、ドラマや映画を見るのが好きなので、その原作になった小説を読むのが好きになったんですよね。あなたの好きなものは何ですか？」

いきなり訊ねられて、私は思わず考え込む。

「動物……。猫、とか……好きですけど」

「猫！　可愛いですよね。じゃあ猫の絵本なら、興味ありますか？」

「それは、見てみたいですけど。でも、もっと子供のためになるような絵本じゃないと、ダメなんじゃないですか？」

絵本は子供の情操を育てるのだという。実母にも義母にもそう言われていて、何かと絵本を買ってきてくれる。でも私は、そのどれもがつまらなかった。

弱い者いじめはダメですよ。親思いの心優しい人になりましょう。そういう内容の本を読んだところで、本当に子供のためになっているの？　ただの親の自己満足じゃないの？

そんな冷めた気持ちで読んでいたからだろうか。拓己はまったく本に興味を持ってくれない。少しも私の話を聞いてくれない。私がダメな親だから……。

「ダメなことないですよ」

しかし書店員は、明るい笑顔で私の悩みを吹き飛ばしてしまう。

「それに、子供のためを思って選んだ絵本を読んでも、お母さんは楽しくないんじゃないですか？　せっかくだから、もっと楽しみましょうよ」

まるで、目からうろこが落ちたよう。

「私が……楽しむ？」

それは、許されないんじゃないの？　絵本の読み聞かせは、子供を生み育てる親の、義務じゃないの？

「さっ、見てみましょう。お子さんも一緒に！」

書店員に誘われて、私はおずおずと彼女のあとをついていく。キッズルームで目一杯遊んだ拓己に声をかけて、絵本コーナーに移動した。

「ヤダー！　もっと遊ぶ〜！」

遊びを途中で切り上げさせられた拓己は、不機嫌だ。ばたばたと手足を動かして、私に自分の苛立ちを訴える。やっぱり無理だ。周りの迷惑になるし、絵本は諦めて帰ろう……。そう思った私の前で、書店員は拓己の目線に合わせるようにその場でしゃがんだ。

「拓己くん、コレは何かなっ？」

彼女がポケットからサッと取り出したのは、三枚のカード。

そこには犬、猫、兎の、可愛いイラストが描いてあった。拓己はびっくりした顔をして、泣くのを止める。

「この中で好きな動物はいるかな～？」

拓己は、ゆっくりと猫のカードを取った。

「猫ちゃんが好きか～。お母さんと同じだね！」

書店員がにっこり笑いかけると、拓己ははにかみ笑顔を見せる。

「ママといっしょのが、すきなの」

私は目を見開いた。確かに猫は好きだから、マグカップとか、ぬいぐるみとか、家には何かと猫にちなんだものがあるけれど。

まさか拓己が、私の好きなものを理解しているなんて、思っていなかった。

書店員は絵本の本棚から一冊の本を取り出す。

「ほら、大きいねこちゃんだよ」

ぱっと絵本を開くと、二ページ分を使った胴の長い猫の絵があった。

「おっきい！」

「これだけじゃないぞ〜。ほらっ、もっとなが〜い猫ちゃんになりました」

そのページの折り込みを伸ばすと、猫の胴がさらに長くなる。拓己はきゃっきゃっと嬉しそうに笑った。

初めて、拓己が絵本に興味を持った。もしかしたら、これを機に読み聞かせも聞いてくれるかも……と私が期待したのもつかの間、拓己はすぐにその絵本に興味をなくし、つまらなそうな顔をする。

やっぱり、ダメかな。

しかし書店員は諦めない。すぐにまた新しいカードを取り出した。

「拓己くん、この中では好きなもの、ある？」

拓己の顔が再び輝いた。そのカードには、どれも恐竜の絵が描いてあった。

「これ！」

「おっ、いいね。プテラノドンか。拓己くんはプテラノドンが好き？」

「とぶのがいい」

「そうか～。ここに、飛ぶ恐竜の絵本があるんだよ」

本棚から新たに絵本を取り出し、開いてみせる。今度は猫よりも興味を持ったのか、拓己は絵本を手に持ってぺらぺらとページをめくり始めた。

その本は単純なつくりで、文字も少ない。読み聞かせるところが少ない。

「この恐竜は、世界中を旅しているんだよ」

「これしってる！」

「スカイツリーだね。日本にも来てるんだね～」

それなのに、書店員と拓己は楽しそうに会話している。

そう、会話だ。読み聞かせじゃなくて、絵本をめくってお喋りしている。

「もしかして、これが正解なんですか？　正しい読み聞かせなんですか？」

絵本を一緒に見ていた書店員は、立ち上がってニコリと微笑む。

「読み聞かせに正解はないですよ。お子さんによりけりですから。でも……」

壮年の書店員は、穏やかな瞳で拓己を見つめる。

「私は、親と一緒に何かを見て楽しむだけでも、子供の大切な糧になっていると思いますよ」

そう言って、私に顔を向けて明るい笑顔になった。

「拓己くんにパパとママの『好き』をいっぱい教えて、拓己くんの『好き』を、たくさん聞いてあげてください」

私は知らず、目を見開いていた。

親の好きを教えて、子供の好きを教えてもらう。

親子の会話、他愛ない お喋り。その時間が楽しかったという思い出。

絵本はツールなんだ。まだ語彙が少ない拓己と、意思を伝え合うコミュニケーションのツール。

私、ずっと、拓己の好きなものを知ろうとしなかった。とにかく絵本を読み聞かせしなきゃって、義務のように、強要されたように、読んでいた。

そんなの楽しくないに決まってる。そして、私のその気持ちがきっと、知らないうちに拓己に伝わっていたんだ。

「ありがとうございます」

拓己がプテラノドンが好きなんて、今まで知らなかった。

私の子供のことが知れて、嬉しかった。もっと知りたいと、思った。

「ちなみに私は、三人子供を育てたんですけど、全員本が苦手で、ぜんぜん読み聞かせできませんでしたよ」

「えっ、そうなんですか?」

私がびっくりすると、書店員は照れ笑いする。

「当時は本当に悩んでいたんですけど、今思えば……三人ともそれなりにちゃんと育ったので、まあいいかなって。結果オーライですね!」

茶目っ気のある顔でそう言われると、私もつられて笑ってしまう。

そうか。私が今抱えている悩みも、歳を取ったらそんなこともあったなんて、笑って思い出せるのかもしれない。

気がついたら、ずいぶんと肩の重りが軽くなっている気がした。

「本は逃げませんよ。あなたが読みたくなった時、あなたが好きなものを教えたくなった時、そして拓己くんの興味が向いた時。ここに来てください。本探しはいつでもお手伝いしますよ」

にっこりした笑顔に、私も笑顔を返す。

ああ、ありがとう。私が欲しかったのは読み聞かせのコツじゃなかった。適切な絵本を選ぶ方法でもなかった。

……ただ、安心できる言葉が、欲しかったんだ。

結局、私は拓己といろいろ話し合ったあと、付録つきの子供向け雑誌を買うことにした。絵本じゃなかったけど、これでいいんだと思う。

だって拓己が、その本を両手で抱いて、嬉しそうに笑っているんだもの。

「こんなにワクワク顔をした拓己くんが、本嫌いなわけないですよね」

レジの前で書店員にそう言われて。

私は「そうですよね」と、胸に熱いものを感じながら同意した。

また、このブックカフェに来たいと思った。

次は、拓己の好きな絵本が見つかるといいな。

その日こそ、カフェで読み聞かせをしてみよう。きっと、私と拓己の楽しい読み聞かせの時間になるはずだ。

風の吹き抜ける書店

杉背よい

「はるかぜ書店」は、観光客が訪れる表通り商店街とは反対側の、地元の住民たちが買い物に来るひっそりとした商店街の一角にある。

菜々美(ななみ)の祖父母が当時倉庫として売りに出されていた物件を買い取り、改築して一階部分を書店、二階を住居とした。「はるかぜ書店」は、令和の現在では珍しい土間だった。コンクリートの床面は菜々美や母親が常駐するレジまで続いており、レジは小上がりの上に設置されていた。レジに人がいても、背後には二階へと続く階段が見え、菜々美たちの生活が垣間見えた。

コンクリート床にはそれほど背の高くない書棚が設置され、そこに新刊本と文庫本、雑誌などが並んでいた。

中学一年生の菜々美は、物心ついた頃から店の手伝いとしてほとんどの時間を一階の「はるかぜ書店」で過ごした。祖父母は菜々美が小学校に入学する前に亡くなり、母と二人で過ごしてきた。両親は菜々美が幼い頃離婚して、父はいなかった。

菜々美は小学校高学年にもなると、レジ打ちができるようになり、お客さんの本の予約や、問い合わせの電話などにも少しずつ対応できるようになった。

「菜々美ちゃん、今月号届いてる？」

大抵は取り置きの本や雑誌を渡すことで、一人でもできた。母の留守中にわからないことを聞かれても「またお母さんがいるときに来るわ」と言ってお客さんの方から出直してくれた。たまに同じクラスの男子が買いに来て、菜々美が店番をしているとぎょっとすることがあった。そわそわしながら漫画本をレジに置いた後、「お店の人がお前だと何か買いにくい」とつぶやいた。

「悪かったね」

菜々美はぶっきらぼうに言ったが、その男子の気持ちもわかるような気がした。自分が何を読んでいて、何が好きか、同じ年ごろの子に知られるのはちょっと恥ずかしいのかもしれない。

中学校に上がると、菜々美は自分の時間が少ないことに気付いた。母親の助けになりたかったので構わないのだが、学校帰りに友達に突然「今日遊ぼう」などと言われると困ってしまった。

「ごめん、今日も店番があるんだ」

しかし菜々美が詫びると友人たちは「そっか、菜々美のうち本屋さんだもんね。いいよね」「近いうちに行くね」と断ったことを気にしないでいてくれた。

「よかったら遊びに来て」

手を振って別れながら、菜々美はたまにはその日の気分で学校帰りに急に遊んだりしたいなと思っていた。それから「いいよね」と皆が言うほど、気楽なものではない、とも思った。

「はるかぜ書店」は土間のせいか、間取りのせいか、それとも天井が高めの印象のためか風通しがよく空気がひんやりとしていた。菜々美はよく晴れた日に、ぼんやりと書棚を眺めたり、宿題をやったり雑誌を何となくめくったりしながら店番をするのが嫌いではなかった。だが、このひんやりとした空間に閉じ込められているようにも思えた。

――私、本に縛られてるよなぁ。

書棚に並んでいる本を見ていると、そんな風にも思えた。

　その日、一人店番をしていた菜々美は、からからと引き戸が開いて、すんなりとした白い足が店内に入って来るのを見た。菜々美と同じぐらいの、見たこともない少年だった。色が白く、目鼻立ちの整ったどこか都会的な少年だ。

「いらっしゃいませ」と言いながら、菜々美は観光客がふらりと訪ねてきたのだろうかと考えていた。たまにこの地の観光名所である神社にお参りに来たお客さんが、ガイドブックなどを探しに来ることがある。何か手伝ったほうがいいだろうかと様子を窺っていると、少年は慣れた様子で書棚の前に立ち、一冊の本を手に取ってじっくりと中を確かめていた。その本と、もう一冊の本を選び出し、少年は菜々美のいるレジに来た。「ありがとうございます」と菜々美が言いかけるより少し早く、少年が口を開いた。

「ここ、すごくいい本屋さんですね」

　菜々美は思わず「えっ」と声が出た。少年は頭を下げて、自分は最近この町に引っ越してきたばかりなのだと説明した。少年は「相馬來」と名乗った。響きの綺麗な名前だと菜々美は思った。

「これまで父さんの仕事の関係であちこちの町に引っ越したけど、必ず最初に本屋さんに行くって決めてるんだ。いい本屋さんがある町はいい町で……だからここもいい町だなって」

來は一息に言ってにっこりと笑った。クラスの男子の少し恥ずかしそうな笑い方とは違う、鮮やかな笑顔だった。菜々美はこんな笑い方をする男の子に会ったことがなかったので、何故かドキッとした。

「……本、好きなんですか？」

來は尋ねられたことに驚いたのか目を見開いた後、「うん、大好きだな」と笑った。菜々美は即答した來がまぶしかった。まっすぐに「好き」と言えるものは自分にはまだないと思ったからだ。

「こんなにたくさんの本に囲まれていて羨ましい」と來は真剣な表情で言った。菜々美は後ろめたい思いがした。「自分が本に縛られている」なんて感じていることを來が知れば悲しむだろう。來が嬉しそうに本を抱えて帰ってしまうと、菜々美は閑散としてしまった店内の書棚から文庫を一冊取り出して、ぱらぱらとめくってみた。

――何気ない出会いが運命を変えることもある。

たまたま開いたページにはそんな一文が載っていた。吸い込まれるように菜々美はページを繰り続けた。

数日後、再び來がやってきた。菜々美は思わず立ち上がる。

「あの……この前からこの本、読み始めて」

菜々美が文庫本の表紙を見せると、來は自然に近付いてきた。

「面白いよね、それ！　その本さ、続編があるんだよ」

「えっ、本当！」

菜々美は自分でも予想していなかったほど嬉しそうな声が出た。「好きな本に続きがあるって嬉しいよね」と笑っている來に、菜々美は言葉にしなくても來には想いが伝わっていると感じた。それは不思議な感覚だった。

來と出会ってから、菜々美は自分から少しずつ本を手に取るようになり、來と話すことが楽しみになってきた。來は菜々美より一つ上の十四歳なのに、これまでたくさんの本を読んだのか、とにかく本に詳しかった。小説だけではなく、自然科学や歴史の本など、興味のある本は何でも読むと言っていた。

「お小遣いのほとんどは本に使っちゃうんだよね」

來のその言葉は嘘ではないと思った。菜々美は「これ」と好きなものが一つに絞れることが羨ましかったし、知識がありながらそれをひけらかす雰囲気ではない來を尊敬していた。偉そうにするどころか來はいつも飄々（ひょうひょう）としていて、突然突拍子もないことを言った。

「うちのおじいちゃんさ、実は忍者の末裔（まつえい）だと思うんだ」

「はぁ⁉」と菜々美は聞き返したが、來は至極真面目な顔をしている。

「だってさ、すごく体にいいからって薬草をすり潰して僕に飲ませたり、飛んでいる虫を急に素手で捕まえたりするんだ。忍者は薬草に詳しいし、素早いでしょ？」

來は目を輝かせて話す。

「う、うん……そうだね」

菜々美は來の勢いに押されて頷(うなず)いた。何故かツッコミ返せなかった。

——面白いけど何だか不思議な子だな……。

來は自分で「空想癖がある」と言っていたが、彼の話はどこに転がっていくかわからず、聞いていて退屈しなかった。菜々美は來といると笑ってばかりだった。自分も來を笑わせられればいいのに。そう思った。

そのうちに、菜々美は來が店に来るのを心待ちにするようになっていた。読んでいた本の続編も読み、來に感想を伝えようと思って待っていたが、ある時から待てど暮らせど一向に姿を見せなくなった。

そのまま一週間が経った。一週間まるまる來が店に現れないことはそれまでなかった。初めて店に来た日以来、本をまとめて買うことはせず來はちょくちょく店を訪れるようになっていた。リクエストがあれば取り寄せたし、取り置きもした。そして何より、次第に本が好きになっていった菜々美は來と本の話がしたくて、自分からもっと本を読むようになった。

——風邪でも引いたのかな。それとも学校が忙しいとか……。

　そこまで考えて、菜々美は学校で一度も來を見かけたことがないことに気付いた。一学年上だというだけなので、廊下ですれ違うこともあるかもしれないと意識していたが、まるで見かけない。

　菜々美は勇気を出して二年生の教室に様子を見に行った。一組から順に三組まで……それらしき姿は見当たらない。ウロウロしていた菜々美を見かけた知り合いの上級生が声をかけてきた。

「どうしたの？　誰か探してるの？」

「ええと、用があるってわけじゃないんですけど相馬來って人を探してて……たぶん転校してきたばっかりだと思うんですけど」

　上級生は考え込んだ後、「そういう名前の子は聞いたことがないなぁ」と言った。菜々美は胸が苦しくなるような感覚に陥った。それから上級生の勧めで職員室に行って訊ねたが、やはり「相馬來」という生徒は存在しなかった。

　――そんな……。

　呆然としたまま菜々美は家に帰ってきた。勝手に同じ学校で、放課後に来てくれている男の子だとばかり思っていたが、何もわかっていなかった――。

しばらくの間、初めて出会った日のようにふらっと來がやってくるのではないかと一縷の望みをつないで店番をしていた。しかしやって来るのは常連のお客さんばかりだった。

ひと月ほどが経ち、菜々美が店の掃除をしていると、久しぶりに見たことのないお客さんがやってきた。すらりと背の高いおじいさんで、菜々美に会釈すると丁寧に書棚を眺め始めた。

その仕草に閃くものがあった菜々美は、思わずおじいさんに声をかけた。

「ひょっとして、失礼かもしれませんが……忍者の末裔の方ですか？」

反射的にそんなことを言ってしまった自分に菜々美は驚いた。言われたおじいさんも驚いたように口を開けていたが、突然くしゃくしゃと顔を歪め、片手で顔を覆った。

「すみません……どうして、それをご存じなんですか」

おじいさんは泣いていた。菜々美は慌ててレジ裏に置いてあったティッシュを渡し、お孫さんが教えてくれたのだとおじいさんに説明した。彼とは友達で、とても本が好きで、お話を考えるのもうまくて、いろいろなことを教えてくれた。その人のおかげで自分も本を手に取るようになったのだ、と。

「私、すごく感謝してるんです。本の面白さを教えてくれたその友達に」

おじいさんはじっと菜々美を見つめた。もう泣いてはおらず、どこか寂しそうな微笑みを浮かべていた。

「あなたが仲良くしてくれたのは、確かに私の孫です。孫は……生まれつき体が弱くて、療養のためにあちこち病院を転々としてきました。入院している時間も長くて、学校にもなかなか行けなかったから本があの子の友達なんです」

おじいさんの話を聞いて、菜々美は心臓を直接摑まれたかと思うほど衝撃を受けた。確かに來は色白でほっそりとしていた。だがとても元気そうに見えた。いつも笑っていた――。でも、入退院をくり返していたんだと思うと、何も知らなかった自分が不甲斐なかった。

家で静養している合間にここに来てくれていたのか？

体に負担があるかもしれないのに——菜々美の中でぐるぐる考えが廻る。

「あの子なりの工夫だったんでしょうね。苦い薬を飲むことを忍者の修行に例えたり、辛い現実を空想に置き換えたりして、何とか乗り越えようとしてきた」

おじいさんはそう言って、書棚から一冊本を抜き出した。

「もしよかったら、一緒に本を選んでくれませんか。また孫は入院することになりまして……今回は長引きそうなので、何冊か本を差し入れてやりたいんです。あなたが選んでくれたことがわかればきっと喜びます」

「長引く」という言葉に、再び菜々美の心臓は大きく跳ねた。だが、無理に笑顔を作って頷いた。

「もちろんです！　お手伝いさせてください」

数冊の本を一緒に選ぶと、おじいさんは何度もお礼を言って店を後にした。

「孫に必ず伝えます。元気になったら、また話してやってください」

「待ってます……あの、このお店、私のおじいさんの代からずっとここにあるんです。これからも、私が大人になってもお店を続けます。だから、そう伝えてください。ずっとお店開けて、待ってますから」

必死に菜々美が言うと、おじいさんはわずかに微笑んでゆっくりお辞儀をした。そして商店街の通りへ消えて行った。

――せっかくおじいさんに会えたんだから、手紙でも渡すべきだったかな。

菜々美はおじいさんが帰った後も思い悩んでいた。本の間にメモを挟めばよかったかもしれない。でも何て書けばいいのだろう。幼い頃から病気と闘っている來に「頑張って」なんて軽い言葉を無責任にかけることはできない。元気になったらまた本の話をしようね、と言えるほど仲良くなれたわけではない。結局、菜々美はおじいさんが病室に持って行ってくれたであろう数冊の本たちに想いを託すことしかできなかった。菜々美は無力な自分に涙が出た。

それから、「はるかぜ書店」にはいつもの日々が戻ってきた。だが一つ変わったのは、來が来なくなってからも菜々美は本を読み続けていたことだ。菜々美は読書ノートをつけるようになり、いつかまたふらっと來が現れたら、お薦めできるように本のリストを作り始めた。

「この本知ってるよ。全部面白いよね」

読書家の來ならそう言うかもしれない。全部既に読破している可能性もあるが、リストを考えるのは楽しい作業だった。

丘の上に、病院があることを菜々美は知っていた。その病院は遠くから来る患者さんが長期療養する病院で、白くて清潔な外観をしている。丘を見上げて菜々美はあの建物の中にきっと來はいるのだろうと考えていた。

來のことだから、菜々美とおじいさんの選んだ本はとっくに読み終わってしまって、新しい物語を自分で考えているかもしれない。

そうであって欲しい――。菜々美はしばらく病院を眺めてから立ち去った。

それから十年以上の時が流れた。菜々美は大学進学のために四年間故郷を離れ、卒業と同時に実家に戻ってきた。

「あんたねぇ、別に無理して継がなくてもいいのよ。お客さんだってもうそんなに来るわけじゃないんだし」

そう言いながらも母親は嬉しそうだった。菜々美は昔のままの土間を懐かしく眺めた。風通しのいい、ひんやりとして薄暗い書店。

「……昔に約束したんだ。その人は忘れてるかもしれないけど」

菜々美が照れ隠しのように笑うと、母親も微笑んだ。菜々美は「はるかぜ書店」を正式に継ぐために戻ってきたのだった。大学にいる間、他の書店でアルバイトをし、修業も積んだ。このお店でやってみたいことが菜々美にはたくさんある。この棚に新刊を並べて、こっちには季節のフェア――店に立って未来の書棚を空想していると、静かにお客さんが入ってきた。

「いらっしゃいませ」

顔を上げた菜々美は驚いて口を開けた。そこには、見覚えのある鮮やかな笑顔の青年がまっすぐな姿勢で立っていた。青年と一緒に風が吹き込んできたように感じられ、菜々美の視界が涙でぼやける。

「一緒に……本を選んでもらえますか」

青年の言葉を菜々美は心の片隅でずっと待っていた。笑顔で頷き、答える。

「もちろんです。もう、ご用意してありますから」

ラスト・ブック

楠谷佑

母が去ったのは、僕が小学四年生の冬のことだった。

子供だった僕には、彼女の失踪は突然のことに思えた。後から振り返ってみれば、兆候は笑えるほどたくさんあったというのに。それだけ僕は未熟で、母を思いやる心もない、独善的な子供だったということだ。

僕がもっとずっと小さかったころは、平均的で過不足のない家庭だったと思う。両親と僕の三人で、埼玉の県営団地に住んでいた。

隣町の印刷会社に勤めていた父は、無口で僕とはあまり話さなかったけれど、家庭を顧みないというほどではなかった。年に一度か二度、動物園や遊園地に連れていってくれた。今にして思えば義務感で家族サービスをしていたところもあるのだろうけれど、当時の僕は無邪気に喜んでいた。

母は、いつでもよく僕の面倒を見てくれた。小学校に上がる前は、寝る前に母が絵本の読み聞かせをしてくれるのがなによりの楽しみだった。当時、お気に入りだったタイトルは今でも覚えている。たとえば、モーリス・センダックの『かいじゅうたちのいるところ』は何度も読んでもらった。もう全文を暗記していたのに、それでも母に読み聞かせをせがんでいたのだから、子供というのは不可解だ。ハンス・ウィルヘルムの『ずーっと　ずっと　だいすきだよ』も何度も読んでもらったが、そのたびに涙していた記憶がある。

僕が小学校に上がると、母は休職していた看護師の仕事を再開した。病院での仕事は多忙をきわめ、ひょっとしたら父以上に忙しかったかもしれないが、彼女は僕の学校に関するあれこれを、いつも気にかけてくれていた。休みに入るときに持ち帰った上履きを、いつもぴかぴかに洗ってくれた。給食がない日には弁当を作ってくれた。参観日には都合をつけて来てくれた。仕事だけでも疲弊(ひへい)していただろうに、母は愚痴(ぐち)ひとつこぼさず、いつも笑顔だった。

そんなあれこれを思い返すと、自分の馬鹿さ加減に嫌気がさす。上履きなんか自分で洗えばよかった。弁当だって自分で作ればよかったし、参観日のおしらせなんか、嬉々(きき)として母に見せないで、握りつぶしてしまえばよかった。そうすれば、もしかしたら母は僕を置き去りにはしなかったかもしれないのに。

僕が小学四年生に上がった春から、家庭はおかしくなりはじめた。

それまでほとんど喧嘩などしなかった両親の諍いが増えた。夏休みに入るころには、諍いのない日のほうが少なくなった。それはいつも夜、僕が電気を消して布団に潜りこんだ後、押し殺した声でおこなわれた。

いくら幼くても愚かでも、子供というのは大人たちが理想化するほど無垢な存在ではない。会話の断片を聞くうちに、事情はだいたいわかってきた。

父は、母が嫌がる「よくない店」で多額の金を使っていたのだ。その春、昇進して気が大きくなったのか、濫費の額はどんどん大きくなっていたらしい。最悪だったのは、母がなじればなじるほど、父の不行状が悪化したことだ。たぶんあのときの父にとって母の叱責は、僕の面倒を見ることや自治会のゴミ当番と同じく「つまらない家庭のストレス」という箱に入れられていたのだ。それからの逃避として、ますます彼は深みにはまっていったらしい。

毎夜のように耳にした両親の喧嘩だが、具体的な会話はほとんど記憶に残っていない。それでも人間というのは、本当に忘れたいことだけは決して忘れることができない生き物なのだろう。胸に刺さって消えないひとつの会話がある。

「またあんなお店に行って、どこにそんなお金があるの？　伊織をクラブチームに入れる話はどうなったのよ」

襖の向こうから聞こえた、父を非難する母の声。当時の僕は、少年団でサッカーをやっていたけれど、同級生の何人かは「クラブチーム」というもっと上等な集団に属していた。僕はそれが羨ましくて、そちらに移りたい、と母にねだっていたのだ。

父の答えはこうだ――「なにがクラブチームだ。あいつは今のままでじゅうぶんだろう。他の子と比べてとくに上手いわけでもないんだから」

僕の心を傷つけたのは、父の正論ではない。それに対する母の応答だった。

「そんなことわかってるけど、あの子の希望は叶えてあげたいじゃない」

その言葉を聞いた僕は、がばりと布団を被って、枕に顔を押しつけた。涙が後から後から、ぼろぼろと出てきた。

自分は母から期待されていなかったという事実は、十歳の少年のちっぽけなプライドを粉々にした。まさか自分が稀代の天才プレイヤーだなどとは思っていなかったが、母の「そんなことわかってる」という台詞は、僕をどうしようもなく惨めな気持ちにした。四年生の夏休みが終わるころのことだった。

ほどなく、僕は少年団をやめてしまった。友達からも浮くようになって、放課後はひとり、団地に帰って本を読んで過ごすようになった。僕が住んでいた近所には「三毛猫書店」という、昔ながらの町の本屋さんがあった。店主の老人は親切で、よく話しかけてくれた。余計な詮索はせずに、ただ本の話だけをしてくれるのが心地よくて、当時の僕はあの店と店主に心を救われていた。

そんな生活が続いてひと月ほどしたとき、母は一度だけ、少年団に復帰しないか、と言ってきた。僕はこう返事した。

「もういいよ。送ってもらったりさ、用具当番とか、面倒じゃん。母さん忙しいんだから、そんなのもうしなくていいんだよ」

母をおもんぱかって言ったのではなかった。むしろ、幼稚で残酷な復讐心から出た言葉だった。どれほど多忙であっても、母は僕のために最善を尽くしてくれていた。持ち回りでやらされる少年団の用具当番も、きちんとこなしていた。それでも仕事は忙しいから、送迎（そうげい）を他の家のお母さんに頼んだり、大事な試合に来られなかったりしたことはある。母がそれを負（お）い目と感じていることをわかったうえで、僕はそんな言葉を放ったのだ。

母は「そっか」と呟（つぶや）いたきり、なにも言わなかった。それ以来、彼女が少年団の話を持ちだすことは一度もなかった。

秋が深まるにつれて、僕の家庭からは会話や物音がどんどん減っていった。両親の口論を聞くことも、やがてなくなった。僕はそれを事態が改善した証拠だと捉えていた。夫婦というのは、仲が悪くなってもなんとなく元通りになるものなんだな、と楽観していた。本をたくさん読むようになって、ものがわかったいっぱしの人間になった気分でいたせいもあるかもしれない。

大間違いだった。もうそのときには、我が家は取り返しがつかないほど壊れてしまっていたのだ。

忘れもしない、十二月二十三日。そのときはまだ平成で、「天皇誕生日」にあたる日だった。僕が目覚めると、母は団地の部屋から姿を消していた。フェルトペンで「伊織、ごめんね」と書いた紙が、僕の枕もとに置いてあった。特徴のある右上がりの丸っこい文字は、間違いなく母のものだった。

母はとっくに、すべてに疲れてしまっていたのだ。

それから一か月後、僕と父はその町を離れた。

折しも父が勤める会社の富山支社で欠員が出たらしく、彼はその穴埋め要員を志願したのだ。父の実家が富山にあったこともあり、あっというまに転勤は決まった。妻に去られた夫として近所から好奇と憐憫の目を向けられていた父には、僥倖ですらあったのだろう。

僕にとっては、すべてがどうでもよかった。たとえあのときなんらかの意思があったとしても、十歳の子供になにができただろう？

父の実家は、じつに居心地が悪かった。祖母は父に同情的だった。自分の息子を裏切った「不埒な」嫁を、彼女はしばしば手厳しく評した。当初、孫である僕には優しさを見せたものの、僕が彼女に懐かないとみると、途端に冷淡になった。「母親に似たのね」というのが、彼女が僕によく言う言葉だった。

父は実家に戻ってから、急に僕の勉強や友達付き合いに口を挟むようになった。埼玉にいたときにはなにひとつ気にかけなかったくせに。母が去ったことで僕に愛情が湧いたのでないことは、子供心にもわかった。たんに自分の両親の手前、「父」の役をこなしているとアピールしたかったにすぎないのだ。

祖父のことだけは、僕は嫌いではなかった。市役所に勤める寡黙な役人だった祖父は、折に触れて僕のことを気にかけてくれた。言葉はほとんど交わさなかったが、よく僕に黙って果物を剝いてくれた。ちょっと、あの「三毛猫書店」の店主に雰囲気が似ていたような気もする。だが、その祖父は僕が中学に上がるのとほぼ同時に、長年の喫煙がたたって不帰の客となってしまった。

心を開ける相手のいない、退屈な思春期が始まった。そのころには僕にも少しずつ、母が去った理由がわかってきた。

もちろん、父の不行状というのは大きかっただろう。それでも、彼女には離婚をして僕を引き取る、という選択肢があった。それを選ばずに、黙って僕の前を去った理由は明らかだ。僕の存在が負担だったということだ。

どうして母を責めることができるだろう。彼女はただ、煩わしい家庭を捨てて、自分の人生を生きたかっただけなのだ。不誠実な夫も、わがままで厄介な息子もいない人生を。そんなの、人として当たり前の感情ではないか。

ただ、もう母に謝れないことだけが、悔やまれてならなかった。


時はあっというまに流れて、僕は高校を卒業した。東京の大学に進学し、ひとり暮らしをするようになった。母からは一度も連絡がなく、葉書の一枚ももらったことがない。どこでなにをしているのか、まったく知らなかった。

大学三年の夏、僕は埼玉県秩父市に旅行に出かけた。大学が夏休みに入ってまもない七月の末のこと。唯一の趣味であるカメラを提げての旅だった。そのついでに、僕は自分が生まれた町に立ち寄ってみることにした。

これといった理由はなかった。故郷なのだから、旅行の帰途で立ち寄らないほうが変に意識しているみたいだろう、という妙な強がりもあった気がする。

だが、いま思えば故郷の町に近い秩父を旅先に選んだことからして、僕は心のどこかであの町にノスタルジーを感じていたのかもしれない。

訪れてしばらく町をさまよい歩いているうちは、とりたててなんの感慨も心に浮かばなかった。田舎町の景色は代わり映えがしない。ただ、関東平野特有の嫌な蒸し暑さだけが少し懐かしかった。

僕が住んでいた団地は取り壊されていて、広大な空き地が広がっていた。とくに悲しくはなかったが、不思議な気分になった。母は去り、生家は消えた。自分自身が、まるで実体のない存在に思えてきた。たとえるなら、昨日までの記憶を持って今日いきなり発現した生命とでもいうような。

そうなるとさすがに気味が悪くて、通っていた小学校くらいは見ておきたい、という気持ちになって歩き出した。だが、小学校に辿り着く前に足が止まった。ある店の看板が、僕の目を引きつけたのだ。

三毛猫書店。

一時期、僕の孤独を慰撫してくれていたあの店が、今なおこの町にはあったのだ。看板は昔のままだったが、店の外装はやけに真新しい木目調で、最近リニューアルされたことは明らかだった。僕は引き寄せられるようにして、その店へと足を踏み入れた。効きすぎていない冷房が身体に心地よかった。

その店内だけは、代わり映えのしない町の中で唯一、僕の記憶と異なっていた。暖色系の間接照明で照らされた室内には、優しい木の香りが満ちていた。棚の本は多くが面陳されていて、新刊や売れ筋の本が平積みされているということはなかった。

いらっしゃいませ、と声をかけながら、奥から店の人が出てきた。十一年前にいた店主ではなかった。僕とほとんど歳が変わらないように見える青年だった。色白で細面の理知的な男性で、縁なし眼鏡がよく似合っていた。

普段は店員と積極的に会話などしない僕だが、さすがに昔いた店主のことが気になって「店長のお孫さんですか」と話しかけてみた。彼は、寂しそうに微笑みながら否定した。三芳潤と名乗った彼は、自分が今の三毛猫書店の店長だと告げてから、この店が十一年間に辿った軌跡を語ってくれた。

昔の店主である久藤氏は、僕がこの町を去ってまもない春に、この店を畳んだのだという。そして、同じ年の冬に彼は他界した。この店はずっと空き家となっていたのだが、NPO法人の空き家再生プロジェクトで復活し、学生時代からその活動に関わっていた三芳さんが去年の暮れに買い取ったのだという。

現在の「三毛猫書店」は三月にリニューアルオープンしたばかりで、昔とは店の性質が変わっていた。新刊本を並べるのではなく、店長が独自に選書する、いわばセレクトショップのような店として運営しているということだ。

「本は僕が選ぶだけでなくて、お客さんが選書したものも入れるようにしているんです。みんなで作るお店、というコンセプトですから」

三芳さんはそう説明してから、僕にも一冊選書しないかと勧めてきた。正直、戸惑った。人に薦めたい本など、僕にはなかった。本はただ、自分の孤独を紛らわすためだけに読んできたのだ。誰かと共有したいと思ったことはない。

やんわり断ると、三芳さんはさらに押してきた。

「本当に、気楽な気持ちでいいんですよ。よろしかったら、他のかたが書いた

ＰＯＰもご覧になってください」

　言われて見てみると、なるほど、面陳された棚の本には手書きＰＯＰがついているものが多かった。筆跡はどれも異なっている。客がそれぞれ、自分のおすすめの一冊をまさに「気楽に」紹介している。「この推理小説がすごい！」「今年ナンバーワンの猫エッセイ」など、他愛もない惹句が並んでいる。

　三芳さんが期待の目で見てきたので、僕は「でも、ただの旅行者ですから」と重ねて遠慮した。彼もさすがに無理強いはしなかったが、控えめに告げた。

「旅行者のかたでも、ＰＯＰを書いていかれることありますよ。その絵本とか、そうでした」

　彼が示した本は、ちょうど話を聞き流しながら、僕の目が引き寄せられていたものだった。

　モーリス・センダックの『かいじゅうたちのいるところ』だ。

　次の瞬間、僕は絶句していた。今度は本の下の手書きＰＯＰに目が吸い寄せられて、言葉を失ってしまったのだ。こんな文句が書かれていた。

「これは、昔よく息子に読み聞かせてあげた本です。今は一緒に暮らしてはいませんが、私にとって読み聞かせのことは、大切な思い出になっています。ダメダメなママでしたけど、あのときだけは息子を幸せにできていた気がします」

見覚えのある、右上がりの丸っこい文字で書かれていた。

声が震えないよう懸命に自制しながら、どんな人が書いたんですか、と三芳さんに尋ねてみた。

「あなたと同じで他県からいらしたかたでした。たしか、先月のことです。喪(も)服(ふく)を着ていたので、印象に残ってます。この町の病院に勤めていたときお世話になったかたが亡くなったそうで、戻ってきたんだとか」

そうですか、と僕は軽く応じた。

それからしばらく迷うふりをしてから、僕は『かいじゅうたちのいるところ』を買った。その本を紙袋に入れてもらっているとき、思い切って三芳さんに切り出してみた。

「POPなんですけど、僕も書いていいですか」

もちろん、と若き店主は微笑んだ。紹介するのは、すでに店に並んでいる本でなくてもいいという。絶版でなければ、彼が取り寄せてくれるのだそうだ。幸い、僕が紹介したかった本は店内に在庫があった。往年のベストセラーだから、さして運命的なことでもなかったが。

三芳さんがくれたコンパクトな用紙を前に座ったときには、さすがに照れ臭くなってきて、僕はいいわけがましく「絵本なんて、大学生の男が紹介していいのかな」と呟いた。三芳さんは「もちろんですよ」と優しく言った。

さて、と僕はボールペンを取って、紹介する本の表紙を眺めた。

ハンス・ウィルヘルム作、『ずーっと　ずっと　だいすきだよ』。

紙にボールペンの先をつけてから、しばし手が止まった。それからPOPを書き終えるまでに、結局一時間もかかってしまった。後から考えれば、絵本を紹介すること自体よりも、大の男がPOPを書きながら何度も涙ぐんでしまったことのほうが、よっぽど恥ずかしいことだった。

僕の太陽

大田ヒロアキ

今日も彼女は、あの詩集を手にしていた。

大学と駅のちょうど真ん中あたりにある本屋。僕の行きつけのその本屋で、大学の地域経済論の授業で見かける彼女は、ほぼ毎日、文芸コーナーの一角に立って同じ本を読んでいた。

何を読んでいるのか、彼女が立ち去った後に置いた本を見てみると、それは僕が聞いたことのない作者の詩集だった。何ページかぱらぱらと読んでみたが、それがいい詩なのか、大したことないのか、僕には見当もつかない。

それにしても、僕が彼女をその文芸コーナーで見かけてから、かれこれ三ヶ月経つ。なぜ買わないのか。なぜずっと同じ本を立ち読みしているのか。しかも詩集を。好きな詩だったら、もう覚えてしまってるんじゃないのか。

夕方五時くらいに彼女は現れて、迷うことなくその本を手に取る。十分か二十分、ゆっくりとページをめくる。僕はそんな彼女を、同じ本棚の端の方でちらちら見ている。この三ヶ月、そんなことがずっと続いていた。

「朱里(じゅり)って詩集なんて読んだことないよな」

朱里は僕の幼なじみだ。中学までは一緒だったが、高校は別になり、どういうわけか大学でまた一緒になった。授業で会うことはめったにないが、学食や生協では時々顔を合わせる。時には今日みたいに一緒に昼食をとることもある。

「ないね」

食べかけのカレーライスから目線を外さず、最小限の言葉でしか返事をしない。まったく興味がないことが全力で伝わってくる。

「円山(まるやま)書店で、いつも同じ詩集を読んでる女の子がいるんだけど」

「え、いつも読んでるってことは、いつも見てるってことだよね？　それって、ストーカーだよ、ストーカー」

詩集には乗ってこないが、僕がストーカーになった話には俄然乗ってくる。

「ストーカーじゃないけどね。本屋で会うだけだから」

「でも、本屋で待ち伏せしてるんでしょ」

「待ち伏せじゃない。彼女が来る前からあの本屋にはよく行ってたんだから」

「うちの大学の子？」

「うん、同じ授業とってる」

「話しかけたらいいじゃん、『いつも本屋で会いますね』って」

半笑いなのが腹が立つ。

「それこそ気持ち悪いって思われるでしょ」

「だって、ほんとに気持ち悪いから、仕方ないじゃん」

僕が気持ち悪いという話を、朱里とするつもりはない。話したかったのは詩集のことだ。話す相手を間違えたことには、とっくに気が付いているが。

「その子、いっつも同じ詩集を読んでるんだよね。飽きないのかな」

「買えばいいのにね」

「そう、そうなんだよ。それが不思議なんだ」

「でも、完全に余計なお世話だけどね。まぁいいから、聞いてみなよ、『僕も詩には興味あるんですけど』って」

「そんな嘘ついても、続かないじゃん、話が」

「嘘じゃないじゃん。子供のとき、詩書くの得意だったじゃん」

詩を書くのが得意？　そんな覚えはない。

「あぁ、覚えてないんだ。和也、詩が得意だったんだよ。じゃあ授業あるから行くね」

じゃあね、と応えて朱里を見送った。詩に興味あるなんて嘘はつけないけど、とりあえず一回あの子に話しかけてみようかなと思い始めていた。

地域経済論はそれほど人気の講座とは言えない。四十人ほど入りそうな教室のうち、半分が埋まるか埋まらないかのレベルだ。

ところが六月の終わりのある日、地域経済論の教室に行くと、どういうわけかすでに八割ほど学生が入っていて、空いている長机は一つもなかった。後ろから空いている席を探すと、本屋の彼女の隣が空いている。これはチャンスと、思い切って彼女の隣に座った。

座るときに「すいません」と小声で言うと、彼女は僕を見て、少し笑って会釈した。その笑顔に勇気付けられて、話しかけてみた。

「なんか、今日混んでますね、この授業にしては」

「ですね。テストが近いから、いつも来ない人が来たのかな」

ほどなく教授が入ってきて、僕らの会話はすぐに終わった。もともとそんなに集中して聞いていた授業ではないが、今日は特に隣に座る彼女のことが気になって、まったく内容が頭に入ってこなかった。

授業が終わって、彼女にもう一度話しかけようか迷っていると、驚いたことに、席を立った彼女の方が話しかけてきた。

「円山書店によくいるよね？」

そうか、知ってたのか。考えてみたら当然だ。こっちが知ってるんだから、向こうが気付いていてもおかしくはない。

「うん、大学入ってから、ずっとよく行ってる」

さりげなく、元々行きつけであることをアピールする。朱里にストーカー扱いされたことを思い出した。この子にもそんな風に思われるのはマズい。

「小説が好きなの？」

「そうだね、なんでも読むけど、小説も好きだね」

「いつも文芸コーナーにいるもんね」

聞きやすい流れになったので、聞いてみる。

「詩が好きなの？」

「え、なんで？」

「いつも、詩のコーナーにいるから」

「あ、そうか。いつも同じところにいるってバレてる？」

不意に彼女が時計を見た。

「あ、次の授業行かなきゃ。じゃあまたね」

また円山書店で、と言いそうになったがなんとなくやめた。僕は次の授業はなかったので、一人で学食に向かった。

それから三日後、僕はまた円山書店に向かった。彼女と会った次の日はバイトで行けなかったのだが、その次の日は何となく行くのが恥ずかしくなって止めてしまった。自慢じゃないが、僕はこれまでまともに女の子を好きになったことがない。ところが、朱里に「ストーカーじゃん」と言われたあたりから、もしかして僕は彼女を好きになってるのか、と急に意識し始めてしまった。そんな事態が照れくさいような、面倒なような、でもちょっとだけ嬉しいような気もする。とりあえず一日は空けてみたけど、それでもやっぱり気になって、次の日真っ先に文芸コーナーに行ってみると、彼女はすでにいつものところに立っていた。

「こんにちは」

少し様子をうかがった後、できるだけ普通に話しかけると、彼女は教室で話したときよりも少し多めの笑顔でこちらを向いた。

「あ、ちょっとだけ久しぶり？」

「そうだね、バイトもあったし」

手にしているのはいつもの詩集だ。

「多分、いつも、その本だよね」

「え、ストーカー？」

ヤバい、朱里に言われたやつだ。全力で否定する。

「いやいや、あの、装丁が青一色でキレイでね、なんか目立ってたからさ」

実際のところ、同じ本を読んでいると気付いたのは、この装丁のせいだ。

「そう、この本を読むために来てるの。この詩集を置いてる本屋さんってあんまりないんだよね」

思い切って、ずっと思っていた疑問をぶつけてみる。

「あの、ほんとに余計なお世話だけど、買おうとは思わないの？」

「余計なお世話」

彼女はいたずらっぽく笑っている。授業の後に話したときからちょっと思っていたが、この子は僕が最初思ってたタイプとは少し違っている。黒髪ストレートで、いつもワンピースっぽい感じの服を着て、詩集を読んでいるので、なんとなくおとなしめの子かと思っていたけど、そんなことはない。打てば響く、って感じでよく話す子だ。

「買わないの。買ったら私、ダメになっちゃうから」

買ったらダメになる？　どんな理由で人は詩集を買ったらダメになるのだろう？　訳が分からず固まってしまった僕に、彼女が「なんで、って聞かないの？」と笑ってくる。間抜けだけど、オウム返しに「なんで？」と聞いた。

「名前、聞いてないよね？　私、吉岡（よしおか）あかり」

「あ、杉本（すぎもと）です、杉本和也」

なんか、気圧（けお）された感じで、つい敬語になってしまった。

「ねぇ、杉本くん、この詩集、読んでくれる？」

「え？　いいけど、僕、詩集なんか読んだことないよ」

「大丈夫、私も詩なんか読んだことなかったもん。でね、この本の詩の中で、これは私について書いてる詩だ、って杉本くんが思うのを教えてほしいの」

僕はまた固まってしまった。何も言えず、ただ茫然と吉岡さんを見ていると、突然、彼女の目から涙があふれてきた。

「何度読んでも私、分からないの。助けてほしい」

帰りの井の頭線で、吉岡さんの話を何度か考えた。あの詩集の作者は、吉岡さんの高校の国語の先生だそうだ。吉岡さんははっきりとは言わなかったけど、先生と吉岡さんはお互いに気持ちがあって、でも先生には家庭があって、なかなか難しい状況になって、結局、先生は家族ともども、実家の大分に引っ越した。あの青色の詩集は先生の初めての詩集で、引っ越す前に「君のことを思って書いた詩がある」と吉岡さんに告げたそうだ。吉岡さんは嬉しくて、でも辛くて、ずっとどの詩に自分のことが書いてあるのか探し続けている。買って家に持って帰るとずっと読んでしまいそうだから、円山書店で読むだけにしているらしい。なんだか罪な先生だなと思わないでもない。

目の前で泣いている女の子は助けたいけど、でもさっき初めて名前を聞いた子のことが書かれている詩を言い当てるほど、僕には文学的センスも、人を見る目もない。「何かヒントみたいなものはない？」と聞くと、

「先生がよく言ってくれてたのは、『あかりっていい名前だね。吉岡は僕にとって、太陽みたいにまぶしい』ってことかな」

そう答えてくれた吉岡さんは、ちょっと恥ずかしそうで、でもすごく嬉しそうだった。涙で少し濡れた目が輝いていて、僕にもまぶしく見えた。

中央線に乗り継いで、国分寺駅を降りたところで、ばったり朱里のお母さんに会った。家が近い割にはしばらく会ってなかったけど、子供のときから知っているので、もちろん会えばすぐに分かる。顔も性格も朱里とそっくりだ。

「かっちゃん、経済学部なんだよね」

ひとしきり親や兄弟の話をした後、朱里のお母さんが聞いてきた。

「うん、別になんでも良かったんだけど、親父が経済がいいって言うから」

「私はてっきり、かっちゃんは文学部だと思ってた」

「文学部でも良かったけど、なんでそう思います？」

子供のときは敬語なんて使っていなかったけど、二十歳近くにもなるとなんとなくタメ口も難しい。かといって敬語で話すのも変な感じなのだが。

「かっちゃん、詩を書くのがうまかったでしょ」

朱里に学食で言われた話だ。

「それ、この前、朱里にも言われたんだけど、全然覚えがなくて」

「覚えてないんだ。小学校の二、三年くらいだったかな、クラスでペアになった子について詩を書く、っていう宿題みたいなのがあったのよ。そのとき、かっちゃんと朱里がペアでね。かっちゃんが朱里について書いてくれた詩がすごくよかったの」

うっすらと思い出してきた。それとともに、恥ずかしい思いがわいてきた。

「思い出した？　かっちゃん、朱里のこと、『僕の太陽』って書いたの。朱里、学校から嬉しそうに帰ってきてね。あの子、あの原稿用紙を今でも自分の部屋に貼ってるわよ」

そうだ、確かにそう書いて、先生にほめられて、クラスの友達からは冷やかされた。小学校低学年だから、別に何か強い思いがあって書いたわけでもない。

僕と違って、大らかで何事にも大胆な朱里のことを、素直に「太陽みたいな子」

と思って、書いたはずだ。でも、たまたまですよ。その後、作文や詩でほめられたことなんかないから」

「思い出した。

文学部に行って、詩人を目指して、女子高生と恋に落ちるような人生が僕に用意されていたようにはあまり思えない。経済学部を出てサラリーマンになるのが多分、妥当だろう。それにしてもずいぶん詩と縁があった一日だなと思いながら、朱里のお母さんと別れて家に向かった。

それから一週間ほど、円山書店に行っては、必ず例の詩集を読んで、吉岡さんのことが書かれた詩を探し当てる作業を繰り返した。思いのほか、恋愛に関する詩が多くて、これが吉岡さんの詩だと断定するのはなかなか難しい。人生でこんなに真剣に詩を読んだのは多分初めてだったが、だんだんとこの先生の書く詩が好きになっていくような気がした。

その日も授業が終わった後、円山書店に行こうと思っていると、後ろから、よぉと声をかけられた。振り向かなくても朱里だと分かる。

「え、今からストーカー？」

「ストーカーじゃないし。でも、その子と話したよ」

「おっ、珍しく積極的だね。かわいいの？」

それには答えず、この前吉岡さんに聞いたことをかいつまんで話した。

「へぇ、先生か。先生になんて一回もそんな気持ちになったことないなぁ」

「でね、今はその彼女のことを書いた詩がどれなのか探してるんだ」

「ふーん。でも、それはその子が自分で見つけた方がいいんじゃない。だって、答えはその子と先生の間にしかないんだからさ」

思わず、並んで歩く朱里の横顔を見た。学食でカレーライスをがっついている朱里と、少し違って見える気がした。

「まっ、余計なお世話ってこと。その子も好きな人に自分について詩なんか書いてもらって幸せなんじゃない？　もう会えないのは悲しいだろうけどね」

不意にいたずら心がわいてきた。

「朱里も書いてもらって嬉しかった？」

「へっ？」

「僕の太陽」

次の瞬間、朱里のかばんが僕の背中に打ち込まれた。

「俺、どんなこと書いたか忘れたんだよね。今度、見せてくんない？」

「ばーか」

朱里は僕を追い抜いて行ってしまったので、どんな顔をしていたのか見ることはできなかった。でも後ろから見る朱里の背中は楽しそうで、多分、小学校の時に僕の書いた詩を喜んで家に持って帰った時と、同じ顔をしているんだろうなって思った。

梅雨の中休みで、今日の太陽はまぶしくて暑い。朱里は腕を大きく振りながら、駅の方にずんずん歩いていく。その後ろを追いながら、僕は円山書店に向かった。今日はもう、あの詩集は読まない気がした。

レオ・レオニとソーダ

快菜莉

店の前に立った時、懐かしさが込み上げた。町のはずれの、カフェを併設した小さな古書店。一階には本屋と座席数が五つほどのカフェがあり、確か二階はオーナーの住居スペースになっていたはずだ。黒いネクタイを外し、古びた木の扉を押すと、チリンチリンとドアベルまで懐かしい音がした。

「すみませーん」

声をかけると「いらっしゃいませ」と声ほど若くはなさそうな女性が出てきて「おひとりさまですか。お好きなお席にどうぞ」と言った。

「コーヒーをください」

「かしこまりました」

店の中を見回すと、記憶がだんだんよみがえってくる。饐えたような本の匂いとコーヒーのかおりがより記憶を鮮明にしたのかも知れない。

母と初めてこの店を訪れたのは四半世紀近く前のことになるだろう。幼い僕は、本を開きながらコーヒーを飲む母のとなりで緑色のソーダを飲んだ。おそらく母の給料日か何かの時だったのだろう、ソーダにアイスクリームがのっている時は、ガッツポーズが出るほど嬉しかったものだ。

僕は記憶を辿りながら、一番奥の席に座った。ボコボコとサイフォンからコーヒーの落ちる音。子どもの頃はサイフォン式のコーヒーメーカーを理科の実験みたいで楽しそうだなと思っていた。それがきっかけかどうかは定かではないが僕は今中学校で理科を教えている。今ではソーダよりはるかにコーヒーの方がおいしいと思うのだから、長い年月が流れたということだろう。

僕は母一人子一人の家庭で育った。父は僕が五歳の時に亡くなった。その二年前に交通事故に遭い、退院できないまま他界した。死因は肺炎だったそうだ。父のかすかな思い出といえば病院で横たわっていた姿だけ。父がいないことで母は言葉では表せない苦労をしたのだろうけど、僕は物心ついた時から母と二人だけだったから、父がいない寂しさを強く感じたことはない。

「佑太(ゆうた)、本屋さんに行こうか」。母のその言葉に僕は小躍りした。僕にとって本屋イコール緑色のソーダであった。

「今日は特別。アイスクリーム付きのソーダよ」

「やったあ」と、僕はさらにピョンピョン飛び上がった。

母はよく途中で花や果物を買い求めた。店のオーナーへの手土産らしい。

「なぜいつも本屋のおじさんにプレゼントを持って行くの？」と母に聞いたことがある。「プレゼントを貰うと嬉しくて元気になるでしょう。母さんはあのおじさんに元気になってほしいから」と母は言った。

母と店のオーナーとの間柄がどういうものなのか、なぜ店を訪れるたび黒い服を着て手土産を持って行くのか、僕は何も知らなかったけれど、幼い日の僕はソーダを飲んでお気に入りの絵本を見られることがただ嬉しかった。

この店には僕の大好きな絵本があった。タイトルは忘れてしまったけど、青いマルと黄色のマルが混ざり合って緑になる絵本だったと記憶している。

「お待たせいたしました」

先ほどの女性がコーヒーを運んでくる。黒土色のカップだ。

「素朴な器ですね」

「備前（びぜん）焼です。うちの器は一点ものなんですよ」

「いいですね。ところで、以前は男性の方がオーナーだったと思うのですが」

「父をご存じですか」と女性が目を見開いた。

僕は子どもの頃、母とたびたび店を訪れたことを話した。

「父は三年前から高齢者施設で暮らしています。父が施設に入る時に店をたたもうかとも思ったのですが、常連さんの後押しもあって何とか私が細々とやっています。父は備前焼が好きなのです」

そう言って女性はカウンターの中に戻っていった。

僕がこの店を母と最後に訪れたのは、全寮制の高校に入学することが決まった頃だ。もうソーダが嬉しい年ではなくなっていたし、母とオーナーとの仲を勘繰ってしまうほどに僕は成長していた。足しげく店に通う母が嫌でたまらないのに、面と向かって問いただすことも出来ずにいた。

「来月からこの子、寮に入ってそこから高校に通うことになったんですよ」

母がオーナーに言った。

「そうですか。寂しくなりますね。本当に月日の経つのは早い。こうして立派に佑太くんを育てたんだから、今度は自分の幸せを考えなさいよ」

「そうですね」

頷いた母の横顔がはにかんでいるように見えた。妙に居心地の悪さを感じた。

「それじゃ、これは私からのお祝いということで」。そう言ってオーナーが出してくれたソーダには、アイスクリームが二つも浮かんでいた。

母は僕が小さな頃から僕のやることに口を挟んできたが、それを重いと感じるようになったのは中学に入ってからだ。片親である負い目がそうさせたのか、母は僕の生活のすべてに関わりたがった。何かにつけて母に反抗的になったのは、オーナーのことに加えて母から離れたいのに離れられない自分に苛立っていたせいだ。

僕は家を出て、高校・大学と進学した。バイトをしながらの学生生活は忙しく、あっという間に時は過ぎた。卒業後はその地で教師になり、さらに暮らしは多忙になった。野菜やら佃煮やらの母からの宅配便に「着いたよ」とかける電話が、短い話をする機会だったと思う。離れている時間が、必要以上に干渉し合わないという僕にとっての程よい距離感を作ってくれたのかも知れない。

いつもの宅配便のお礼の後、「なあ母さん」と僕は続けた。

「何、改まって」

「再婚しないの？」

オーナーとはどうなってるの？　という言葉は飲み込んだ。電話口で母が笑った気配がした。

「そうね、それもいいかもね。佑太が立派な大人になって、私の役目はもうおしまいだものね」

何だよそれ、と思った。はぐらかされた気がした。まあ、いい大人になった息子と母親なんて所詮こんなものなのかも知れない。僕が何かを決めるとき、おそらく母に相談しないし、相談したとしても答えを期待してのことではなく報告といった類のものだ。母も然りなのだろう。

「そんなことより、たまには帰って来なさいよ」

そう言って電話が切れた。

ある日。病院からの連絡で母が入院したことを知った。駆けつけると、痩せた母がベッドに横たわっていた。幼い日に見た父の姿と重なった。

「佑太、忙しいのにごめんね」

力ない声に、残された時間はそう長くないという医師の話が現実であることを悟った。その日は久しぶりに母と少しぎこちない数時間を過ごした。

帰り際、「また来るよ」と言うと「忙しいだろうから大丈夫。今日顔を見られたんだから」との返事。あまりに頻繁に見舞うと、命の期限を知らされていない母が自分の病状に疑念を持つかもしれない。

「まあ、暇な時に来るよ」

「暇な時は体を休めなさい。学校の先生は体力勝負だから。食中毒の季節だから食べるものには気をつけてね」

外に出ると細い雨が降っていた。病院の敷地に淡い緑色の紫陽花（あじさい）が咲いていた。ふと見上げると、僕が出てくるのを待っていたのだろうか、母が窓際に立って手を振っていた。いつの間に、あんな小さな体になっていたのだろう。

一緒に暮らしていた頃は自由になりたかった。大人になってからは自分のことで精一杯で、母のことを忘れている時間が長くなった。こうして小さくなった母を目にしても、僕は何をしてあげたらいいのかわからずにいる。そんな自分が情けなくて奥歯を嚙みしめた。

ふいに熱いようなものが込み上げて来た。傘のない僕は手をかざして駆けだした。泣きそうになるのを母に気取(けど)られたくなかったからだ。母も見ただろうか、雨に濡れた淡い緑の紫陽花を。「紫陽花の花に見えている部分は本当はガクなんだよ」と教えたら「さすが理科の先生ね」とほめてくれただろうか。顔が濡れてぐしゃぐしゃになったのは、きっと雨だけのせいではない。

その次の年の紫陽花を母は見ることが出来なかった。

これから毎年、雨の季節が廻(めぐ)ってくると、きっと僕は母のことを思い出すだろう。病院で淡い緑色の紫陽花を見た日から一年後。僕は小さな骨壺を抱いて菩提寺を訪れ、父が眠る墓に母の骨を納めた。そして、かつて母がそうしたように、懐かしい古書店を訪れてコーヒーを飲んでいるのだった。

僕は備前焼のカップをソーサーに置いて、店の女性に話しかけた。

「僕、ここに来ると必ず見る絵本があったんです。青と黄色が仲良く遊んでいるうちに緑になるっていう話だったと思うんですけどね」

彼女は、ああ、と頷いて絵本コーナーへ行くと、薄い絵本を一冊持ってきた。

「これじゃないかしら」

「そうです、これです」

レオ・レオニの『あおくん と きいろちゃん』。年季は入っているが、背表紙も角も補修テープで修理されて大事に読まれ続けていたことがわかる。

ああ、懐かしい。何十回、何百回、この絵本を開いたことだろう。「母さんも小さい頃この絵本が大好きだったの」と母が言っていたことを思い出す。

布団の中で聞く母の声は、いつも僕をワクワクさせた。あおくんときいろちゃんが混ざって緑になるシーンでは、母は決まって声色（こわいろ）を使った。

「うわあ、ソーダとおんなじ色だね」

僕がそう言って笑うものだから、「ゆうたのだ〜いすきなみどりのそーだいろになりました」というアドリブが入ったりもした。それが楽しくて、もう一回もう一回、と何度も読んでもらうことをせがんだのだ。

あれ……ちょっと待てよ。記憶が交錯している。家で母と一緒に見ていたとしたら、うちにもこの絵本があったということになる。

ページを開くと左下に見覚えのあるひらがながあった。まさきゆうた。僕の名前だ。そうか、これは僕の絵本だ。厳密に言えば僕が貰った絵本だったのだ。

ひらがなの文字が歪んで見えるのは、無理矢理に書き換えてあるからで「ささきけいこ」の文字が「まさきゆうた」に変わっている。この絵本の元の持ち主は「ささきけいこ」さん、だったのだ。

店の女性が遠慮気味に聞いてきた。

「間違っていたらごめんなさい。もしかして……真崎（まさき）佑太さん？」

えっ？　僕が目を見開くと、女性は何度も頷いた。

「私、啓子（けいこ）です、佐々木（ささき）啓子。昔、何回か会ったことありましたよね。もう何年になるかしら。あなたは小学生になってなかったんじゃないかしら」

ぼんやりと記憶が呼び起こされる。僕が母に連れられてこの店に来ていた頃、たまに制服姿のおねえさんが帰ってくることがあった。

オーナーは、僕が大事そうに手にしている絵本を指さして、おねえさんに聞いた。「啓子、この絵本を佑太くんにあげてもいいか」と。おねえさんの返事は「好きにしたら」と愛想のないものだったと思う。オーナーによると、おねえさんも小さい頃、亡き母親と一緒にこの本を見るのが大好きだったという。

啓子さんのぶっきらぼうな返事を聞いて「そんな大事な絵本をいただくわけにはいきません」と母は遠慮した。

オーナーは「いいんですよ。ボクが喜んでくれるなら、家内も嬉しいでしょうから」と、僕の方を見て微笑んだのだった。

「ああ、思い出しました。僕はこの絵本を譲り受けて、毎晩母と一緒に見ていました。でも、実家にあったはずの絵本が何でまたここにあるんだろう」

啓子さんが言った。「真崎さんが持ってこられたんですよ」

「母が？　母は最近までずっとここに来ていたんですか」

「ええ、月に一度は必ず。去年の今頃だったかしら。遠くに行くからと挨拶に来られてね。この絵本、また誰かが大切に読んでくれるようにと傷んだ箇所を丁寧に修理してくださったんです」

そうか。絵本の角や背表紙の補修テープは母の手によるものだったのか。去年の今頃と言ったら入院した頃だ。母はすでに自分の病状の深刻さを知っていたのかも知れない。

「真崎さんは、亡くなった私の母の月命日にはいつも花や果物を供えてくださっていたんですよ」と啓子さんが言う。

「母とオーナーの奥さんとは知り合いだったのですか」

「いいえ。だからはじめは母の命日になると店の前に花束が置かれていたのです。それが何カ月も続いて、ある日、それが真崎さんからだってわかって。中へ入りなさいと父が声をかけたら、男の子がお母さんの後ろに隠れていて」

男の子というのはもちろん僕のことだ。あの花や果物はオーナーへのプレゼントだと思っていたが、故人へのお供え物だったということらしい。母がオーナーの奥さんを悼む理由は何だったのか。今さらのように、母のことを何も知らない自分を思い知る。

「僕は母のことをあまり知らないのです。なぜ母がここに通っていたのかも」

啓子さんは首を傾げた。「何て言ったらいいのか……真崎さんと父とは境遇が似ていて通じ合うところがあったんでしょうね。父は認知症が進んでしまっても真崎さんのことは覚えているみたい」

「再婚の相手として考えるような間柄だったんでしょうか」

「それは違いますよ。再婚なんて全然考えなかったと思います。母が亡くなった時私は高校生で、父は多感な時期の私にどう接したらいいのか悩んでいました。真崎さんも女手一つであなたを育てることは並大抵じゃなかったと思います。お互いの苦労がわかる相手だったってことなんでしょうね」

当時、母のつらさや大変さを推し量るには僕は幼すぎた。

「お母さんはお元気ですか。またお会いしたいわ」と啓子さん。

「遠いところに行ってしまいました」

「え？」啓子さんは瞬きを忘れたようだった。「それって……」

「今日、四十九日を済ませてきました。一年前、余命三カ月と言われたのですが、十カ月頑張ってくれました。入院する前にここに修理した絵本を届けに来たのでしょうね」

「ご、ごめんなさい……あんまり急で。ああ、それで黒い服なのね。ネクタイを外されているので気がつきませんでした」

啓子さんは目尻を押さえ、カウンターの中に入った。ボコボコというコーヒーの落ちる音と香ばしいかおり。啓子さんは淹れ立てのコーヒーを今度は深い緑色のカップに入れて僕の前に置いた。

「このカップ、真崎さんのお気に入りでした。コーヒー、私からです」

「ありがとうございます」

母が好きだったというカップを両手で包むと、そこには母の体温があった。

「佑太さんは小さかったから、何も聞いていないのかも知れませんね。佑太さんのお父さんが事故に遭った日に、同じ場所で私の母は亡くなりました」

意味がのみ込めずに聞き返した。

「どういうことですか？」

「多重事故だったんです。トラックにあなたのお父さんの車が追突されて、そのはずみで横断歩道を渡っていた母をはねました。母は即死、あなたのお父さんも重傷。トラックの運転手は軽い怪我だったそうです。原因はトラックだったとわかっていても、父は母をはねたあなたのお父さんをなかなか許すことが出来なかったのだと思います。そんな自分に父は苦しんでいたのです」

僕には知らされなかった事故の真相。母はなぜ何も話してくれなかったのだろう。その理由を知るすべを持たないことがよけいに悲しかった。

「父がね、真崎さんに言ったことがあるんです。あなたの気持ちは十分にわかったから、ここにはもう来なくていい、ご主人の分までお子さんに愛情を注いであげなさいって。お母さん、何ておっしゃったと思います？　佑太はここで絵本を見るのが大好きなんです、だからこれからも来ますって」

事故の後、一度も退院することが出来なかった父を、母は毎日見舞っていたのだろう。父は動かすことが出来ない体に苛立ちながら、いつか元気になると信じていたのではないか。そして退院した時は真っ先に自分が死なせてしまった女性に謝罪に訪れるつもりだったはずだ。願い叶わず逝ってしまった父の代わりに、母はここに通い続けたのだろうか。

「いつだったか真崎さん、そのカップでコーヒーを飲みながらこんなことも話していました。一人で暮らすことには慣れるけど、寂しさには慣れないわって」

「母がそんなことを？」

「でも寂しさに慣れたらもっと寂しいかもって笑ってね。本当に信じられないけど、もう会うことが出来ないんですね」

そう言って啓子さんは洟を啜り上げた。

窓ガラス越しに外を見ると細い雨が降っていた。僕はコーヒーを飲み終えて立ち上がった。緑色のカップにはまだ温もりが残っていた。

「佑太さん。これ、持って行ってください」

　啓子さんに手渡されたのは、あの古い絵本だった。深々と頭を下げて外に出ると、微かに紫陽花の匂いがした。一年前、手を振っていた母の姿を思い出す。あの時の紫陽花の淡い緑が、幼い頃に飲んだソーダの緑と重なった。

　絵本の古傷を指でなぞると、母の高い声が聞こえた。

『あおくんときいろちゃんは、ゆうたのだ〜いすきなみどりのそーだいろになりました』

　ああ……母さん。母の呼吸が止まった時も母が骨になった時も心の奥底に封印していた寂しさが、堰を切ったように溢れ出した。僕はきっとこの寂しさに慣れることはないだろう。

　母さん。絵本を胸に抱くと、母の胸の中にいるような気がして、僕は何度も何度も絵本に頬ずりをした。

ブックスココミネは健在です

神野オキナ

私……柊アカネの知っている、ある本屋の話をしよう。


「ブックスココミネ」。二十四時間開いてる本屋だ。

私の父が高校生の頃に出来たと言うから五十年はやってる。

名前の由来は、ここがココミネ町だから。

安易に聞こえるけれど、本屋はその在所の名前をつけたほうが憶えて貰いやすい……そうだ。


飲み屋のある繁華街まで一〇〇メートル、私が通っていた小中高一貫の私立学校がある校門まで一〇〇メートル、その入り口を背にすると駅の出入り口とバス停まで一〇〇メートルという絶妙の立地。

右隣がココミネ町の公民館、左隣は雑居ビルに挟まれ、こぢんまりとした、猫の額ほどの……といってもわかりにくいか。

まあ大体五十平方メートル程の広さの二階建てコンクリの本屋だ、五十だと広く思えるかも知れないが、二階は在庫のための倉庫とトイレがあり、一階も四分の一は二階へ上がるための階段と倉庫だから、実際の店の広さは四十平方メートル弱……広く感じてもそこに本棚が並ぶと「こぢんまり」という言葉がピッタリくるような大きさ。

なんで構造を知ってるのかというと、ここに私は小学生の頃から通っていたから。

私が小学一年生、二十年前か。この店は最初の改装を終えてピカピカになっていた。

入学式の帰り、どうしても小学生向け雑誌が欲しい（もう幼稚園生じゃない！）ということで父が連れてきてくれたのがこの本屋だ。

それまでレンタルＤＶＤ（※もうこの言葉も死滅しつつあるけど！）も兼ねたチェーン店の本屋しか知らなかった私は、その小さな本屋に圧倒された。

チェーン店に感じていたのは広さと空間だったが、ここでは凝縮だった。適当に配置された、ではなく、考え抜かれて平台の本は選ばれ、棚にも並べられ、手書きのポップ、天井からは七夕の短冊のように販促ポスターが下がってる。

特に漫画と絵本、児童雑誌は子供が手に取りやすく、そして親が見やすい位置に置かれていた……これは今も変わらない。さらに本好きのツボを心得ていた。本をただの「売り物」ではなく「売りたいもの」として扱ってるのを見たのは、初めてだった。

ここは私が小学生のころは、まだアルバイトを数名雇っていた。そのうち、息子さんふたりが大きくなり、奥さんとオジさん、息子さんふたりに娘さんの五交代制になった……はずだ、この辺よく覚えてない。

私の家は、中学に上がる頃にはこの町内、この本屋から一キロ離れた所にある一戸建てを買って引っ越した。大学を卒業して就職した私は、今ではひと駅隣にアパートを借りて一人暮らしをしているが、よほどのことがない限り、この駅で降りて本屋に寄って歩いて帰る……健康維持のためもあるけれど、お気に入りの、欲しいと思った本を必ず入荷してくれる本屋はやはり有り難い。

マンガが大好きで、小学生の頃には漫画クラブに入って、見よう見まねでコマ割りまでしていた身としては、ここの本屋はオジさんから息子さんたちまで、私の趣味を知っていて、「これあなたが面白がりそうだから」とそれまで知らなかった本まで取り寄せてくれる……こうなるともう本好きはその本屋にぞっこんになる。

毎日夜十時を過ぎると、翌朝の五時まではオジさんがレジに座る。

いつも人なつっこい笑みを浮かべ、背が高くてやせ形の眼鏡をかけたオジさんは、小学校の頃から顔かたちも体型も殆ど変わらず、ただ髪の毛だけが真っ白になった。マンガと海外ドラマが好きで、先代である実のお父さんからこの「ブックスココミネ」を継いだとき、真っ先に入れたのは棚ふたつ分のマンガだったという。

小学校の頃からオジさんには世話になった。オジさんに教えて貰った古い漫画、私が教えてあげた新しい漫画は数え切れない……その逆も。

オジさんは聞き上手で、常連が来ると、その人にちょっと店番任せて（この辺がいかにも昭和の店主、という感じ）、コーヒーやお茶を外の自販機に買いに出て、一本奢り、一緒に飲みながら話をするのが好きな人だった。

高校にあがったころから、私には一つの夢が出来た。

この本屋の店頭に自分の描いたマンガを置いてみたい。

同人誌や自費出版、という形ではなく、ちゃんとした商業出版の、紙の本を。

そう思ってから十四年。コツコツやってるうちに、ＳＮＳの匿名アカウントで載せたマンガが妙にバズった。

それまで多くても十数回程度だった閲覧数が、瞬く間に増えていった。

嬉しくなった私は次々描いた……幸か不幸か、その頃、とんでもない疫病が流行(はや)ったお陰で、在宅勤務になって、時間は自由に使えたから、仕事の処理をしながら合間にドンドン描いた。

会社の書類は二時間もやれば肩が凝り腰が痛むのに、趣味の漫画だけは何時間描いても、その間は身体が悲鳴を上げることはなかった。

不特定多数の「読者」に「受ける」ことの面白さを私は初めて知ったのだ。

二ヶ月ほどＳＮＳの連載（？）を続けていると出版社から声がかかった。

「本にしませんか」。しかも大手の出版社だった。

もっとも、そこからひどい目に遭ったという話は山のようにある……が、私の警戒心は有り難いことに取り越し苦労に終わった。

とはいえ、マンガの単行本は楽じゃない。電書（電子書籍）と並行しての紙の本はなおさらだ。手直し書き直しに、色校チェックや誤字脱字のチェックなども終えて、ようやく発売日を口に出来るようになったから、真っ先に誰に報せるか、思わず悩んだ。

親は私の趣味に理解は示していても、それが本になることで、娘がまっとうな仕事を放り出してそっちの道に邁進し始めるんじゃないか、と心配するのは目に見えていた。

だから、真っ先にこのことを報せたのはブックスココミネのオジさんだった。

「へえ、柊さん本が出るの？」

「はい！　お陰様で！」

この数年ですっかり馴染んだ不織布のマスク越しに、私とオジさんは笑顔を交わす。

その日もオジさんの奢りで私はお茶を飲んでいた。コーヒーはどうも身体に合わないのだ。

「発売はいつだい？」

「三ヶ月ぐらい先になるんで、あの、注文しておいてもいいですか？」

売れるかどうか判らない新人の本をただ入れてくれ、とはいえない。

自分で注文し、月末まで様子を見て、売れなかったら買い取るつもりだった。

何はともあれ「この本屋の店頭に自分の本が並ぶ」という夢が叶うのだ。

「いいよ、キミとウチの店の仲じゃないか。ちゃんと発注するよ。百冊でも二百冊……はむりか。取れるだけは取るから、安心しなさい」

「ありがとうございます！」

私は頭を下げた。

「そうかあ、ウチの常連さんが漫画家になるのかぁ」

オジさんはニッコリ笑った。

そして私は単行本作業の追い込みに没頭した。今時はいろんなコトをしなければならない。告知漫画、オマケの色紙やペーパー……さすがにブックスココミネに寄る暇もなく、自宅から殆ど出ないで私は作業をこなした。

久々に本屋に顔を出せるようになった。おばさんも息子さんも孫娘さんも、オジさんから聞いていたらしく、私の単行本のことを喜んでくれた。

でも、オジさんは店に顔を出さなくなっていた。

ひとり、十年ぶりにアルバイトが入って、深夜勤はそれまで遅番だった息子さんがやるようになっていた。

「どうしたんですか？　オジさん」

久々に会社に出勤(なんで印鑑というものは日本からなくならないんだろう！)した私は、昼勤のおばさんに尋ねた。

「ちょっと風邪引いちゃったの」

おばさんは笑った。

「年だからねー。チョット用心して暫く出ないわ」

とんでもない疫病も流行ってるしね、とおばさんは付け加える。

「あ、御大事に……」
たしかに、もうオジさんも七十を過ぎている。疫病のワクチン接種もしないといけないだろうし、と
だが「暫く」は二ヶ月以上続いた。

そうこうしているうちに、発売日になった。


「どうしたんだろうね、オジさん」

久々に実家で食事をした後――有り難いことに両親は私の本が出ることを素直に喜んでくれて、祝いの食事となったのだ――ふと父とそんな話になった。

リビングのソファに座った父は、テレビを消して珍しく黙り込み、暫く腕組みして考え、

「……どうもなあ、オジさん、本当は死んじゃったんじゃないのか？」

「え？」

「俺もかれこれ三ヶ月、オジさんの姿を見てない……だって常連と話し込んだりするのが何よりも好きなオジさんじゃないか。二ヶ月も顔出さない、なんてあると思うか？」

「そりゃ、そうだけど……」

「あそこは先代が亡くなったときも遺言で『お客様に店の内情で不都合をかけてはいけない』ってことで、三回忌のとき、さすがに店を休みにします、ってんでようやく判ったぐらいだ……ちと覚悟せんといかんかもしれんな。お前と俺、親子二代で世話になってる店だし」

「……」

反論する要素はあまりないように思えてしまった。

本は今夜遅く、各書店に到着する。当然ブックスココミネにもだ。

私は、真夜中に家を抜けだし、ブックスココミネに向かう。

店の前には青い金属の輸送用カーゴが折りたたまれて、梱包用のビニール袋とガムテープ、段ボール箱がまとめられていた。

十二時過ぎの本屋についさっき入荷したばかりの本が並び、私の初単行本も並んでいた——以前の約束通り、一〇〇冊ぐらいあるだろうか。

「やあ！　来たね、柊さん」


オジさんが笑っていた。いつもと変わらないあの笑顔で。

「お久しぶりです！」

「いやこちらこそこちらこそ……」

帳面に記入しながら、オジさんは笑っていた。

「……まったく、父さんの言うことも当てにならないなあ」

「どうしたの？」

「オジさんが死んじゃったって」

「ははは、常連さんの一人が漫画家になって初めての単行本が出るってのに、おちおち死んでいられないよ」

「あははは……あ、本のほう、よろしくお願いします」

「うん、一冊、サイン入れて貰おうかな。これぼくの個人用ね」

オジさんはレジの中に律儀にお金を入れた。

「キミの初単行本だからね、頑張ってたくさん売ってくれるよ」

「ありがとうございます」

「じゃ、いつもの買ってこよう……キミ、何がいい？」

「あ、あのお茶で……」

「あいよ」

オジさんは自分用に購入した私の本を小脇に、外に出た。

暫く待っていようと思った時、店の奥から息子さんが手を拭きながら出てきた。

「あれ、柊さん。来てたんですか？」

「オジさん、元気そうでなによりですね」

「え……」

「今、外にコーヒー買いに……」

と、オジさん譲りの優しい笑顔を浮かべていた息子さんの顔が、みるみる強張っていった。

「な、何の冗談ですか？」

いつになく、シリアスな声と目つきで私を睨むようにする。

「え？」

戸惑ってると、息子さんは噛み千切るような口調で言った。

「オヤジ、一週間前に死にました……末期ガンで」

「……」

何を言われたのか理解するのに数十秒。

「じゃ、じゃあ……」

私の言葉を断ち切ったのは、自販機の作動音。

慌てて外に出た私が見たのは、いつもオジさんが座っているガードレールの上に、ちょこんと乗っかったお茶の缶ボトル。まだ汗を掻いている。

来たときにはなかった。

オジさんの姿は何処にもない。

「うそだ、さっきまでそこで帳簿つけてて、私の本を一冊自分用にって買って、レジにお金入れて……」

血相変えて息子さんが帳面を見る。

「オヤジの字だ……」

レジのデータを見る。

「ほんとだ、さっき、入金されてる……」

私と息子さんは黙ってただ、顔を見合わせた。

万引き防止用のカメラを再生すると、私がひとりでカウンターの誰かと話をし、挨拶を交わし、見送る姿が見えた。

私と息子さんは顔を見合わせた。そうするしかなかった。

ややあって、息子さんの目に涙が滲んだ。それを堪えるように一生懸命笑顔を浮かべて、こう言った。

「ああ……オヤジ、貴方の本が出るのを、死ぬ間際まで楽しみにしてましたからね……初七日終わっても、気になってたんだろうな」

私は、オジさんが最後に買ってくれたお茶の缶ボトルを握り締めた。

「ありがとうございます」

それだけ言って、頭を下げた……そうしないと、私も泣きそうだったから。

オジさんが買っていった一冊は結局見つからず、でもそこまで気にかけてくれたお陰か、本は売れてくれて、私は兼業ながら商業漫画家を始めることになった。

あのお茶の缶ボトルは、中身こそ抜いたけど、あの日以来、神棚に置いてある。

追伸・本屋（ブックスココミネ）は今も健在だ。

ページの陰の

溝口智子

昼近くになって急に客足が増えた。大型ショッピングモールに入っているこの書店はかなり広い売り場面積を持つが、そこに七分の入りというところだ。

雨が降ってきたようで傘を提げている人が多い。書店は傘の湿気が大敵だ。遥(はるか)は忙しく店内を動き回りながらも、ついつい客の手許(てもと)を確認してしまう。濡れた傘を入れるためのビニール袋を使ってくれている客ばかりでほっとした。絵本コーナーに一人、長い黒髪が美しい女性客がいる。三十代後半くらいの年齢に見える。傘は持っていないなと見ていると絵本を手に取ってめくってはすぐに戻して次の絵本を取る。真剣な瞳と優しく微笑む口許(くちもと)。きっと大切な贈り物なのだろう、我が子のために選んでいるのだろうか。通り過ぎようとした一瞬、女性客は顔を伏せて、小さなため息をついたようだった。

次にその女性客を見かけたのは医学書のコーナー。商品かごに一冊の絵本が入っている。憂鬱そうな横顔を見てしまい気にかかっていたが、無事に絵本を決められたんだなと嬉しくなった。女性客は書棚の上部に手を伸ばしているが到底届きそうにない。遥は踏み台を抱えて近づいた。

「お取りしましょうか」

遥のエプロンを見て店員だと確認したらしく、女性客は笑顔を見せた。

「お願いします」

指さされた家庭向けの医学書を取って渡す。

「こちらですか」

女性客は受け取ってさっとページをめくり、索引を確認した。

「この本には載っていないみたいです」

本を戻した遥は店内の検索機を勧める。

「書名や作家名だけではなく、簡単な内容検索もできます。試してみませんか？」

頷（うなず）いた女性を伴って店の入り口側にある検索機まで案内する。使い方が分からないというので、遥が検索することにした。

「ＡＵＢ-Ｏという病気が載っている本が欲しいんです。日本語でなんだったか……、なんとか性出血」

「機能性出血という言葉がヒットしました」

「そう、それ！」

「先ほどの医学書のコーナーです。ご案内します」

医学書のコーナーは店の最奥。混んだ店内の客を避けながら往復するのは、なかなか疲れるものだ。ガランと物が落ちた音がして遥が振り返ると、絵本が入ったかごが床に落ち、女性はしゃがみこんで床に手をついていた。

「お客様、大丈夫ですか！」

慌てて肩に手を置くと、女性は弱々しく頷いた。

「すみません、ただの貧血なんです」

「救護室に連絡します」

「いいえ、そんなにおおごとにしないでください。少し休めば治まりますので」

「でも……」

「大丈夫です」

立ち上がろうとしても女性の脚には力が入らない。男性店員がやってきて肩を貸してバックヤードへ連れて行く。遥は絵本とかごを持ってついていった。

　パイプ椅子を並べて女性を寝かせ、男性店員は売り場に戻った。客を一人で寝かせておくわけにはいかず、遥が付き添う。

「貧血、ひどいんですか？　よろしければ、病院までお送りしますよ」

「本当に大丈夫です。病院に行っても、治ることはないから」

「治療はなさっていないんですか？」

「手術の予定があるんです。それまで我慢すればいいので」

　喋るのも辛そうだ。遥は黙って椅子に座った。

　しばらく目を瞑っていた女性が、そっと体を起こした。

「お世話になって、すみません。休ませていただいて助かりました」

「もう少し、ゆっくりなさったら」

「いえ、お邪魔になりますから」

　女性の顔色は青白く、無理していることがはっきりとわかる。遥は女性客を引き止めるため、話題を振った。

「この絵本、読むと元気が出るって、すごく人気があるんですよ。お子さんへのお土産ですか？」

「いえ、私は子どもはいなくて……。友達の子どもへのプレゼントなんです」

「ご友人と仲がよろしいんですね」

遥の言葉に、女性は恥ずかしそうな笑顔を見せた。

「そうですね、まあ、そこそこ。じつは、彼女の子どもに会いたいっていうのが、いつも落ち合う本当の目的なんですよ」

「子どもが好きなんですか」

女性は絵本を選んでいたとき見かけたように、ふっと目を伏せる。青白い顔に表情がなくなり、悲しそうにも寂しそうにも見える。だが、それは一瞬だけで、女性はすぐに笑顔を見せた。

「大好き」

その笑顔に影が差しているように見えて会話を続けられなくなった。

それからまた少し休んだ女性は、ふらつきもなく立ち上がり、待ち合わせの時間だからと絵本だけを買って足早に店を出ていった。

探していた医学書を取り置きしなくていいのか聞き忘れたことに気付いたのは、昼休憩を取るためにバックヤードに入ったときだ。遥はエプロンを外し財布を持って、その医学書を見に行った。

同僚に見つからないように、きょろきょろと辺りを窺（うかが）い、さっとページを開き、急いで文字を拾う。立ち読みの罪悪感で、じっくり読むことが出来ない。いくつかの文章を頭に入れて、医学書をもとの棚に戻し、そそくさと店を出た。

それでも内容は少しわかった。書いてあったのは、こんな感じだ。

『異常子宮出血』『他の病気が原因でないと診断され』『ホルモン剤で出血を止める治療法があり』『深部静脈血栓（しんぶじょうみゃくけっせん）の既往歴（きおうれき）がある場合はホルモン剤の投与が不可であり、子宮摘出術を適用する』

まとめると、こういうことだろう。確たる病気はなにも見つからないのに子宮から出血している。治療法はホルモン剤投与。深部静脈血栓ができたことがある人はホルモン剤が使えない。子宮を摘出するしかない。

血栓という言葉をどこかで聞いたことがあると思って考えた。たしか祖父が脳梗塞(のうこうそく)を起こしたときに、その原因が血栓だと言っていなかっただろうか。

　フードコートに移動してパスタを食べながら先ほどの女性客のことを考える。機能性出血を調べようとしていたのは、その病気だからかもしれない。血が止まらなければ貧血になるのは当たり前だ。手術の予定があると言っていた。もしかして子宮を摘出するのだろうか。内臓を一つ取り去るなんて、どれだけ大変なことだろう。あのお客様は無事にお友達と落ち合えただろうか。また倒れたりしていないだろうか。

「睦美(むつみ)、こっち、こっち！　席空いてるよ」

　背後で甲高い声が聞こえた。観葉植物を隔てた後ろのテーブルに、客がやってきたらしい。

「やーっと、座れた。もう人多すぎ。まりあ、こっちおいで」

「やだ、睦美ちゃんと座る」

「まりあは睦美が大好きだね。睦美、お願いしていい？」

「もちろん。まりあちゃん、一緒に食べようね」

この声、聞き覚えがある。遥は観葉植物の陰からそっと背後を覗いた。睦美と呼ばれているのは、先ほどの女性客だ。なんとなく、見つかったら困るような気がして、身を隠すように姿勢を戻した。それでも背後のテーブルの会話は完全に聞こえる。

「まりあも、もう三歳でしょ。そろそろ、一人でご飯食べられるようになってほしいなあ」

「いや。睦美ちゃんと食べる」

まりあは駄々を捏ねているわけではないようで、楽し気な声音だ。

「あんまり甘えてると、睦美がまりあのこと嫌いになるかもしれないぞ」

「そんなことないもん。ね、睦美ちゃん」

「うん。私はまりあちゃんのこと、ずーっと大好きだから。一緒にご飯が食べられて嬉しい」

「あーあ。二人でいちゃいちゃして。嫉妬しちゃうな」

睦美が慌てたように早口で言い訳する。

「恭子は毎日、まりあちゃんといちゃいちゃしているんでしょ。たまにはお休みの日があってもいいんじゃない？」

「冗談だって。それよりさあ、聞いてよ」

恭子が言うと、まりあが「なに？」と相槌を打つ。

「まりあは食べてていいよ。睦美にお話」

「ふうん」

「でさ、旦那の帰りが最近遅いんだよね。昨日なんか帰って来たの、十一時過ぎてたんだよ」

「お仕事が忙しいんだね」

「違うって。ぜったい、浮気してる」

少しの間が空いた。なんだろうとちらりと見ると睦美はむっとした表情で、声を出さず口を動かして苦情を伝えているらしい。

「わかった、ごめんって。まりあの前では、もう話しません」

恭子は明け透けな性格なのだろう。だが我が子の前で父親の浮気の話とは、さすがにあけっぴろげすぎやしないか。遥は少し不快に感じた。

「でも、恭子と旦那さん、なんだかんだ言っても仲良しじゃない」

恭子の声が少し明るくなった。

「まあね。まりあがいてくれるから、なんとかやっていけてる感じ」

「まりあちゃん。お口の横、ご飯がついてるよ」

「取ってー」

「はい、取れました」

「ねえ、聞いてよぉ」

ぐずる恭子と、大人しく食事をするまりあ、どちらが大人かわからない。遥は背後の会話が気になって、箸が進まなくなってしまった。

「睦美は最近、どうなの？」

「どうってなにが？」

「彼氏、出来たんでしょ」

からかうような調子の恭子のセリフを、睦美があわてて否定する。

「出来てないよお。なんでそう思ったの？」

「ワンピースなんか着てるんだもん。いつもはパンツ一択なのに」

「ああ、そうか、言ってなかったっけ。ちょっと病気になっちゃって」

「病気？　どんな？」

「肺塞栓症っていうの。肺の血管に血栓っていう血の塊が詰まっちゃう病気。もう完治したけどね。血栓予防のために体を締め付けるような服は避けてるの」

「そうなんだ、大変だったね。病気の原因ってなんなの？」

「低容量ピルの副作用だって」

恭子が「低容量ピル」と繰り返す。思い出すためか、しばらく間が空いた。

「生理痛を抑えるために飲んでるって言ってたやつか」

睦美が溜息をついたようだ。

「一万人当たり十人も出ない副作用らしいのに、大当たりしちゃった」

「宝くじに当たるより珍しいんじゃない？」

「そうかも。そのせいでホルモン剤全般禁止だから、病気にはいろいろ気を付けなくちゃと思ってる」

「じゃあ、生理痛はまた酷くなっちゃったんだ」

「以前より出血量も増えて、大変」

恭子がにやけた声を出す。

「それなら本当に彼氏つくりなよ」

「え？　なんで生理痛と彼氏つくるのが関係してくるの？」

「子ども産んだら治るらしいよ、生理痛って」

フードコート内のざわめきが遠くに行ったかのように感じる。それほど、背後のテーブルの沈黙が重い。

「……そんなの、ただの噂でしょう」

睦美の暗い声に恭子は気付かないのか、明るく軽い口調で話し続ける。

「試してみる価値あるよ」

「私、結婚願望ないから」

睦美の声が硬くなっていることにも、恭子は気付かない。もしかしたら、睦美に興味など持っていないのではないだろうかと遥は悔しい思いを抱いた。

「結婚はしなくてもいいの。旦那なんて、なーんの役にも立たないんだから。でも子どもはいいよー。かわいいよ」

数秒の間が空いて、睦美の作ったような明るい声が聞こえた。

「そうだ、まりあちゃんにお土産があるんだよ」

「なあに？」

「これでーす」

「絵本だ！　プリンセスの絵本」

一際大きくなったまりあの声に、睦美の声も和やかになる。

「そう、プリンセスのお話だよ。ご飯が終わったら読もうね」

「もう終わった！　絵本読んで！」

「でもまだ残ってるよ」

恭子がテーブルの上を移動させているようで、食器がカチャンと音をたてた。

「あー、いいよいいよ。まりあには少し量が多かったね。私が食べる」

睦美が小声で呟く。

「そういう感じ、いいなあ」

「なにが？」

「同じお皿から、同じご飯を食べるのが」

「そうでしょ。だから、子どもを産むことをお勧めするってば」

「…………」

遥はいたたまれなくなって席を立った。睦美の沈黙が胸に突き刺さってひどく痛む。恭子になにか言ってやりたい。睦美は病気だ。もうすぐ子宮を摘出する。そうすれば一生、子どもを産めなくなる。我が子を抱くことが出来なくなるのだ。せめてどうにかして会話を止める方法はないだろうか。

振り返ると、睦美は女神のように優しい笑顔で、まりあを見つめていた。

「私はいいよ。まりあちゃんを見ているだけで幸せ」

どきりとした。

あの絵本に籠もった気持ちは、どれだけ深い愛情と悲しみだろう。

ページをめくることで、睦美はなにを感じているのか。絵本を選んでいたとき、子どもが好きだと言ったときに、ふと見せたあの悲し気な表情をどうやって押し殺しているのだろう。

睦美が読んでいる絵本のページをまりあが指さす。まるで本当の親子のように親密に見えるのに、もう数時間もすれば睦美は一人に戻るのだ。

まりあが楽しそうに笑っている。その笑顔が消えないように、睦美は絵本の表紙の裏に辛い気持ちをすべて隠したのだ。

今日たまたま言葉を交わしただけの書店員である自分は、睦美の悲しさに関与出来ない。あの寂しそうな眼差しを覚えておくことしか出来ない。

お客様が言葉に出来ない悩みや苦しみも本のページの陰には込められている。それはきっと大切な感情。来店するお客様の一人一人が選ぶ本には様々な気持ちが隠れていることを、絶対に忘れないでいよう。

遥は力強く踵(きびす)をめぐらすと、たくさんの客が待つ書店へ戻っていった。

行きつけの本棚

那識あきら

足を踏み入れるだけで心がワクワクする。本屋は俺にとってまさにそういう場所だ。目当ての本がある時は、獲物に狙いを定める狩猟家(ハンター)の気分になるし、まだ買う本が決まっていない時は、さながら財宝を探す冒険家だろうか。まあ、狩りも宝探しも実際に体験したことなんてないんだけれども。

バイトの帰りにショッピングセンターに寄った俺は、いつもどおり真っ先に本屋を訪れた。町で一、二を争う規模のこの大型書店は、新刊やベストセラー本以外の品揃えもよく、大学入学以来の半年間、週に一度はここに通っている。

話題書の台を横目で見ながら、背よりも高い本棚の森へと分け入っていく。目指すは行きつけの棚、翻訳小説の文庫本が並ぶ一角だ。二人組の高校生が楽しそうに本を選んでいる後ろを微笑ましい気持ちで通り過ぎ、最後の角を曲がった先、普段ひとけの無い本棚の前に先客を見つけて、俺は思わず足を止めた。

それは俺と同年代の女性だった。いつもこのコーナーが俺の貸し切りみたいになっていたのは、タイミングが悪かったせいだったのか。いつか売り場が縮小されてしまうんじゃないかと心配していたが、ほかにもお客がいて良かった。

ホッと安堵の溜め息をついてから、俺は目的の棚へと再び歩き始めた。

今日のお目当ては先月発売されたアメリカ探偵作家クラブ賞受賞作。文庫にしては若干お高く、もう二週間も棚の前で悩んでいたのだけれど、バイト代も入ったことだし、と遂(つい)に心を決めたのだ。大きく深呼吸をして、平積みの本に手を伸ばす。と、それとほぼ同時に、先客の女性が隣の本を手に取った。

なんとそれは、俺が先週に買った本だった。古典推理小説の巨匠の、本邦初訳作を含んだ作品集。矯(た)めつ眇(すが)めつ吟味する女性を目の端に意識しつつ、俺は心の中で「それめっちゃ面白いから！」と叫んでいた。作者のファンなら満足することと間違いなし、と一人密かに読後の感動を反芻(はんすう)していたら、果たして、彼女はその本をしっかりと持ち直すと、レジのあるほうへと歩いていった。

本棚の陰に女性が消えるなり、俺はこぶしを握り締めた。世間では話題にならなくても、面白いものは面白いのだ。俺はすっかり上機嫌で買い物を続けた。

数日後、俺はまた同じ本屋の同じ棚の前で同じ女性とすれ違った。彼女が手にしていた本は、「待望の新刊」とのPOP(手書き広告)がついたSFだった。読みやすい筆跡の「終末世界で謎解きを」という惹句(じゃっく)に、推理小説(ミステリ)好きの心が騒ぐ。しかも「見事などんでん返し」ときた。俺はおそるおそるその本に手を伸ばした。

　思いきって買ったその本は、控えめに言って、むちゃくちゃ面白かった。講義と課題とバイトの隙間をぬって読み耽り、三日目の夕方、大学図書館の閲覧席で、俺は多大なる満足感とともに一つの物語の終焉(しゅうえん)を見届けた。

　嗚呼(ああ)、この感動を誰かと分かち合いたくて堪らない。今日はバイトがあるからサークルには顔を出さない予定だったが、ちょっと覗きに行ってみようかな。

　しかし、俺が所属しているアコースティックギターのサークルには読書好きがほとんどいない。数少ない同士は俺とは守備範囲が違っていて、そいつが語る本の話を俺は楽しく聞いているが、そいつのほうは俺の話をまったく聞いてくれないのだ。外国が舞台の物語はよく分からないから、なんて言うのだけれど、むしろ異世界のほうが分からないことだらけなのではないだろうか？

「そういう本が好きな人に向けて、ＳＮＳとかでレビューを書けば？」と言われもしたが、それは少々ハードルが高すぎる。そもそも俺は、気安い人間相手に感動を吐き出したいだけで、知らない人にオススメをするのは苦手なのだ。

もしもあの時みたいに、安易に薦めた本が相手の嫌いなものだったら……。

俺はそっと溜め息をついた。それから脇に寄せていた課題のノートを開いた。

むかしむかし、小学三年の時。俺は、クラスのボスを気取るクソ野郎に目の敵にされたことがあった。幸いにも突っかかってきたのはそいつ一人だけだったから、いじめといっても随分マシな部類だったのかもしれないが、事あるごとに悪口を言われ続けた俺は、とうとう学校に行けなくなってしまった。

担任の先生に「保健室にいたらいい」と言われたものの、怪我だのなんだので誰かが保健室に来るたびに、俺は人目を避けてカーテンの奥に隠れる有様で、見かねた先生が代わりに用意してくれたのが、校舎の端にある図書室だった。

最初は「保健室と何が違うんだ」と身構えた俺だったが、実際に図書室に登校してみると、思った以上に心安い環境だった。どこの机でどんな本を読んでも自由だし、どこかのクラスが図書の時間の際は司書室に避難することができる。授業に遅れすぎないよう先生が届けてくれるプリントやドリルをしたり、時には先生の雑用を手伝ったり。いっときははち切れそうだった学校生活への恐怖感は、少しずつではあるが日を重ねるごとにその圧を減らしていった。

数日が過ぎた頃に図書室登校仲間が一人増えた。一学年下の、よく日に焼けた活発そうな男子で、俺は一瞬警戒したが、意外にも無口で大人しい奴だった。

一週間ほど経ったある日、そいつが興味深そうに俺が読む本を見ていることに気がついた。俺はなんだか嬉しくなって、その本を彼に差し出した。

「読んでみる？」

彼は驚いたように目を見開き、そうしてぶんぶんと首を横に振った。

「遠慮しなくていいよ。これすごく面白いから。たぶん二年生でも読めるよ」

その時の俺は、何の疑いも無く彼に喜んでもらえると思っていたんだ。しかし彼は、一瞬歯を食いしばったのち、俺の手から勢いよく本を叩き落とした。

「嫌だ！　読まない！　読みたくない！」

足元に落ちた本を、俺はただ茫然と見つめることしかできなかった……。


我ながら、十年以上も昔のことを未だに引きずっているのはどうかと思う。

翌日の一コマ目、文学部第二教室のいつもの席に落ち着いた俺は、西洋史学概論の講義が始まるのを待ちながら、あの時のことを思い返して溜め息をついた。

とはいえ、三つ子の魂百までとはよく言ったもので、俺が今、大学で英文学を専攻しているのも、ひとえにあの時分に図書室で翻訳ものの児童書を読みまくった結果だと思う。英語を、そして外国の文学作品をしっかり学んで、ゆくゆくは翻訳の仕事に就きたい。本邦未訳の素晴らしい物語を皆に届けたい。そのためにも、まずは希望の研究室に入れるよう頑張るぞ、そう気合いを入れたのと時を同じくして、ふと俺は視界の隅に既視感を覚えた。

怪訝（けげん）に思って目をやった先、扉の前に佇（たたず）んでいたのは、なんと本屋で見たあの女性だった。友人でも探しているのか、きょろきょろと辺りを見回している。

俺は反射的に手元のテキストへと顔を伏せた。伏せてから、「何をやってるんだ俺は」と自問する。何も疚しいことは無いじゃないか、とあらためて自分に頷いて、俺はそろりと顔を上げた。

件の女子学生は、既に見える範囲にはいなかった。どこか後方の席に座ったんだな、と考えた途端、なんとなく背中がむず痒くなってくる。

同年代だろうとは思ったが、まさか同じ大学だったとは。俺はいつになく落ち着かない九十分を過ごし……、そして午後の英文学史概論でも教室内に彼女の姿を見つけ、より気もそぞろな一日を送ることになってしまったのだった。

三日後の晩、「飯食いに行こう」というサークル仲間の誘いを断って、俺はいつものショッピングセンターにやってきた。自宅生のあいつらとは違い、そんな頻繁に外食はしていられない。幸いにもここのスーパーは十九時を過ぎると総菜等が割引になることが多くて、貧乏学生としてはとても助かっている。

……などと言っておきながら、どうしても本屋へと足が向く。書籍代を削ればもっと余裕のある生活を送れるのは分かっているが、読書は心の食事なのだ。

いつものようにいつもの棚を目指した俺は、前方に佇む人影を見つけた。

彼女だ！　と気づくと同時に、俺は方向転換をした。周囲に不審に思われないよう「あ、これ、気になってたんだ」みたいな顔で傍らの棚の本に手を伸ばす。馴染みのないジャンルの表紙を前に、自分の好みの偏り具合をあらためて噛み締めていたら、軽やかな足音とともに彼女が横を通り過ぎていった。

知らず零れた深い息が、靄のように俺の周囲に漂っている。それを振り払いきれないまま、俺はのろのろといつもの棚へ向かった。

たまたま同じ大学に通う学生同士がたまたま同じ本屋で買い物をする。そのこと自体には何の問題も無い。しかし、学科が違うにもかかわらず少なくとも五科目は同じ授業を選択していて、このだだっ広い大型書店のごく狭い棚の前に居合わせて、となると、なんだかストーカーっぽくないだろうか……。

へこみつつも買う本だけはしっかり選んで、俺は会計へ向かった。三台のレジがお客をさばく様子をぼーっと眺めていたところで、何か気配を感じて振り返り……、俺は、例の彼女がすぐ後ろに並んでいるのを、目の当たりにした。

幸い彼女は横手にある新刊台を見ているようだった。俺は、何事も無かったかのように、顔を、そうっと、そうっと、前に、戻した。

どうかストーカーだと思われませんように……！　そう神様仏様に祈る一方で、俺は瞼(まぶた)の裏に残る情景を思い返してもいた。彼女が雑誌と一緒に手に持っていた文庫本、あれは間違いなく今俺の手にあるこの本と同じものだった。

困ったぞ、と俺は独りごちた。彼女に話しかけたい、という欲求が俺の中で首をもたげだしたのだ。これほどまでに本の趣味が合うのなら、きっと平和に読書談義ができるはず。だが、こんなところで突然声をかけたらナンパだと思われるかもしれない。ストーカーよりは随分マシだが……いや、しかし……。

結局、そうやって余計なことを考えていたせいか支払いに手間取ってしまい、俺が会計を終えた時には、彼女はとっくの昔に店から出ていってしまっていた。

あれこれ思い悩み続けること一週間、活字への飢えに負けた俺は八日ぶりに本屋にやってきた。電子書籍も悪くはないが、登場人物一覧を確認したりページを戻ったりするには、紙の本のほうが断然便利だからだ。何より、WEB書店と違って現実の本屋では、思いもかけない本との出会いがある。

――まさか思いもかけない人との出会いまであるとは思ってなかったけど！

つい、そう心の中で叫んでから、俺は「出会いか……」と息を吐いた。

図書室登校の時に先生が言っていた。本には色んな人の人生が描かれている、と。人はたった一度きりの人生しか送ることができないが、本を読めば自分以外の人生を追体験できる。会えるはずのない人と会うこともできるんだ、と。

俺はなんとなく児童書のコーナーへと向かった。懐かしさに引かれただけで、いつもの棚に、例の彼女に、気後れしているからというわけでは決してない。

児童文庫の棚には、昔からのレーベル以外に新しいものも沢山並んでいた。幸せな気分でそれらを眺めていたら、不意に見覚えのある題名が目に留まった。

それは、かつて図書室登校仲間に無理強いをしてしまったあの本だった。

あの出来事の少し前、司書室の机で勉強をしていた時のことだ。俺が算数のプリントを先生に採点してもらっていると、同様に漢字ドリルに精を出していた例の二年生が、珍しいことに自分から俺に話しかけてきたのだ。

「どうして、勉強ができるのにここにいるの？」

勉強ができる、と言われて浮かれた俺は、ついポロリと本音を漏らしてしまった。「クラスにうるさい奴がいるから」と。

「ちょっと待って。『うるさい奴』って、それ先生にも詳しく教えて」

先生が目の色を変えて問い質してくるのを見て、俺は「しまった」と息を呑んだ。俺があのクソバカ野郎に色々言われていることは、既に知っている連中は仕方がないとして、これ以上ほかの誰にも絶対に知られたくなかったからだ。

それからの先生がたの動きは実に早かった。あれよあれよと事が運び、クソバカとその親の謝罪を受け（許すかどうかは君の自由だよ、と言ってくれた先生には本当に感謝している）、翌週には本来の教室に登校できるようになった。

そう、あの二年生は、俺にとっては恩人だった。本を薦めたのも、お礼の気持ちを込めてのことだったんだ。今から思えば、自己満足も甚だしいけれど。

懐かしさを噛み締めながら、俺はその本を手に取った。十年前から変わらぬ表紙が、俺を迎えてくれる。初めて読んだ時の気持ちをしみじみと思い返していた、その時、背後から「ユヅキくん……だよね？」と名前を呼ばれた。

驚いて振り返れば、例の彼女が俺の目の前に立っていた。

混乱のあまり何も言えずにいると、彼女は慌てた様子で「あっ、ごめん、突然声をかけて。ええと、その、怪しい者ではないので」と両手を振りまくった。

「私、同じ大学のワダといいます。あの、前に西洋史学概論で先生に『必修科目じゃないのに真面目だね』って言われてたでしょ。それで名前を憶えてしまってて、それで、あの、この本屋さんでも時々見かけてて、本を好きなんだなと思ってて……アッ、ええと、ストーカーってわけじゃなくて、たまたまで」

狼狽(うろた)えるワダさんを見ているうちに、胸の奥につっかえていたものがサラサラと崩れて消えていく。多大な親近感も加わって、俺はホッと溜め息をついた。

「実は俺もワダさんのことを本屋で見かけたあとで大学でも見かけて、奇遇だなって思ってたところだったから、ちょっとびっくりしただけで……」

「驚かせてしまってごめんね。ユヅキくんが、その、私にとってすごく思い入れのある本を手にしていたから、我慢できずに声をかけてしまって」

思わず手元に視線を落とし、それから再び顔を上げる。新刊台の向こう側にレジの列を見て、なるほどここは店の入り口から丸見えだったな、と合点した。

「私、この本がきっかけで読書が好きになったから……。小学二年生の時に、一年上のお姉さんにオススメされて」

なんということだ。俺の場合とまるっきり逆ではないか。思わず「羨(うらや)ましい」と零してしまい、ワダさんが不思議そうにまばたきをした。

「あ、いや、俺も小三の時にこの本を一年下の奴に薦めたことがあったんだけど、思いっきり嫌がられてしまって……」

「そうなんだ。でも、実は私も、薦められた時には咄嗟に『読みたくない』って言ってしまったんだよね。その時の自分には難しすぎて、でも『読めない』と正直に言うことができなくて、『嫌だ』とまで言ってしまって……」

ちょっと待て、と俺は眉根に力を込めた。

「ええと。まさかのまさかなんだけど、その『お姉さん』って、不登校で図書室に通っていた、なんてことは……？」

「エッ、なんで知ってるの？　あの頃、私もちょっと学校に行きづらいことがあって、それで図書室に登校していて、それで……、って、アッ！」

ワダさんが大きな動作で両手を口に当てた。真正面から俺を見て、「まさか、でも言われてみれば、確かに目元が……面影が……」と震える声で呟いている。

「お……お兄さんだったんだ！　すみません！　大変な失礼を！」

「あー、いや、気にしないで。あの頃はあの見た目のせいで女子に間違われてばかりでさ。女みたい、つってバカ野郎にいじめられて、不登校だったんだよ」

そもそも俺も、彼女を男子だと思い込んでいたのだから、どうしようもない。

話を聞けば、ワダさんは親の仕事の関係でタイで育ち、当時は日本に帰国したばかりで、会話はできるが難しい漢字が読めず、不登校になったのだそうだ。

学年が今同じなのは、俺が一年浪人して大学に入学したからにほかならない。

驚くべき神のはからいよ。地元を遠く離れた地で、こんな再会があろうとは。

「あの少しあとに父の仕事の都合でまた引っ越してしまったんだけど、あの時のお姉……お兄さんに謝りたい、ってずっと思ってた。謝って、そして、お礼を言いたかった。図書室でお兄さんが夢中になって本を読んでいたから、読書に興味を持てたんだ。この本面白いよ、って教えてくれたから、読めない漢字が出てきても、辞書で一つずつ調べて最後まで読むことができた……」

そこで彼女は、大きく息を吸うと、俺の目を真っ直ぐに覗き込んだ。

「すごく、すごく面白かったよ。オススメをありがとうございました」

一言ずつ噛み締めるように言いきったところで、彼女がハッと、息を呑んだ。

「ご、ごめん。私、一人勝手にペラペラと喋ってばかりで」

「いや、俺もよくやるから全然気にならないよ。特に本のこととなると……」

俺がそう言った途端、彼女の目の輝きが一際強くなった。

「だよね！　好きな本の話って、話すのも聞くのも楽しいよね！」

晴れやかな心地で、俺は頷いた。緩む頬を誤魔化すのに苦心しながら。

そうして、ごく自然に、俺達は行きつけの本棚へと歩き始めた。

かつて存在した
書店という名の生き物について

水城正太郎

結局、僕は書店を潰すしかなくなった。

それは悲しいことには違いなかったけれど、時代の流れには勝てないという諦めみたいな気持ちもあった。

電子書籍の普及や新型コロナウイルスでお客さんが来なくなった。雑誌は廃刊が増えたため貴重な定期収入が減った。マンガはヒット作もあるとはいえ何十年も前からほとんど値上がりしていない。小さな町の小型書店なんてこれまで営業できたのが奇跡みたいなものだ。

僕の家の名字を冠したこの書店は父が創業したもので、物心ついた頃にはすでに僕の家は本屋で、本に囲まれて暮らすのが普通だった。小さな頃から児童文学シリーズの出版動向に詳しく、宿題の読書感想文対象の名作はどれもすでに読んでいた。父が死んで家業を継いだのも自然な流れだった。

僕は本が好きだった。あらかた返本を終え、余った本を古書店に売却すべく整理している間、そんなことを思った。だった、と過去形にしなければならないほどに僕の心は本から、特に小説から離れていたと今更のように気づいた。

かつては夢中になって本を読んだ。名作小説の合間に科学解説の新書を読み、流行りの小説は新刊が発売されると仕入れた先から自分の一冊を確保した。部屋の書棚の並び順を幾度も変えて、店主として棚を管理する来たるべきその日に備えた。本当にその日が来てみれば、棚など著者名の五十音順であればよく、並べ方に凝るような情熱はきれいに消え失せていたのだけれど。

大学でミステリ研とSF研をあわせたような文芸部に入り、仲間たちと読書量を比較して自分が世の同年代でいちばん小説のことをわかっているような気になってしまったのがよくなかった。浮かれた僕は小説を書きはじめたのだ。

それから僕にとって本はかつてのような胸をワクワクさせてくれるようなものではなくなっていた。デビューすることにこだわった結果、あらゆる小説が資料か参考書にしか見えなくなったのだ。在学中にデビューできたときは天にも昇るような気持ちになったものだが、それもすぐに冷めてしまった。

僕の小説は売れなかった。

それなりに頑張ったつもりだったので、受けたショックはとても大きかった。

「作品は面白かったと思うよ。面白いものが書けるんだから、次は頑張ろう」

編集者のそんな言葉も慰めにはならなかった。

「面白くても、売れなければ君は本を出し続けることができなくなってしまうんだよ。だから次は題材を絞った方がいい。いま世間で売れているものとそっくりな表紙やあらすじになるようにして、タイトルも内容がすぐに分かるようなものにするべきなんだよ。売れない本ってのは結局は存在しないのと同じことだからね」

その忠告は正しいと思えた。僕は言葉通りに流行の本に似せた本を書いた。それでもそこそこにしか売れなかった。その路線でなら作家を続けていくことはギリギリできただろうが僕には耐え難いことだった。自分で決めたわけでもないのに細くて険しい隘路(あいろ)を歩き続けろと命令されているようなものだった。

僕は歩みを止めた。

小説を書かなくなっても、一度変わってしまった本への見方は以前のようには戻らなかった。すべての本は消費財であり、売れた数だけが問題だ。個人の好みや選択の自由度や多様性なんてほとんど意味はない。清涼飲料水の棚だってほとんどコーラで占められている。似たような本がいくら並んでいようとそれが売れるのだから、そこに不満を感じても無駄なことなのだ。

父はそんな僕の変化に気づいていたようで、具合を悪くして引退となった時も本屋を継がなくていいと言ってくれていた。それでも本屋を続けたのは惰性みたいなものだった。日々のルーチンだけで時間が過ぎていくことがありがたく感じられていたのだ。

「本屋をやっていると、それなりにいいことはあるよ」

僕が本屋を続けると決めた時、父はそう言って優しく笑っていた。

気休めに言ってくれているのだろうと思ったが、どうやら本心からそう思っていたらしく、ひどく現実感のないことを付け加えていた。

「本屋をはじめたときもそうだったし、節目には不思議なことが起きたもんだ。書店には妖精がいるんだ。お前にも来るといいな」

とうとう父もボケたのかと僕は心配になったが、取り合わなかったらそれきりその話題には触れなくなった。店主が寝ている間に新刊を棚に並べてくれる小人でも見たのだろうか？

そんな父ももういない。そして僕の本屋店主としての生活に特にいいことは起こらなかった。悪いことがなかったのだけが救いだ。

「すいません。やってますか？」

古書店に売るための本を箱に詰めている僕に入り口から声がかかった。顔をあげると若い女性が戸口をくぐっていた。

「すいません、実は閉店するんですよ」

棚はほぼ空で、床に並べた段ボール箱に本を詰めているのだから、見ればわかるだろうと思いつつも、客商売の癖から笑顔で返す。

「でも、閉店は明日ですよね？」

女性はそう言って、ガラス戸に貼っていた閉店のお知らせを示した。確かに明日に閉店日を定めてそう書いた記憶がある。

「ああ、そうだった。でも見ての通り返本も終わっちゃったんで」

「じゃあ、今あるのは返本できない本ばかりなんですか？」

目を輝かせて近づいてきた彼女に僕は驚く。

長い黒髪に小さな丸顔。やけに朗らかな顔が満面の笑みを作っている。地味なブラウスとスカートでいかにも読書好きという雰囲気。

僕が返答に困っていると、勝手に段ボール箱の中を覗き込みはじめた。

「邪魔しないので、ここにある本、買ってもいいですよね？」

「商店街の入り口から見えるチェーン店の古本屋に売るんです。しばらくしたらそっちで安く並びますよ」

そう言ったら、彼女は首を横に振った。

「いいえ。小さい本屋さんでしか見られない本を探すのが好きなんです。返本不可能な本なんて最高ですよね。定価で買いますから」

どうにも人の話を聞かないタイプのようだった。僕としても追い出すほうが面倒なように感じてきた。

「勝手に箱から抜いてレジに積んでおいて」

「うわぁ、ありがとうございます！」

彼女は手を叩いて喜び、本を選びはじめた。転売目的なのか、稀覯本マニアなのか。この本屋が閉店するとどこからか聞きつけてやってきたのだろう。

僕は彼女が何を選ぶのか気になって、箱から抜き出された本のタイトルを確認した。地方史をまとめた学術書や古典ミステリの古い版などは少々値段がつきそうだが、父の知り合いが自費出版したので仕方なく購入した自伝や、刷りすぎて余ったため新古本が流通している有名作家の失敗作までがセレクトに入っていた。

「それとか、ほとんど価値はないと思うけどな」

僕はつい口を出していた。すると彼女は首を横に振った。

「売るとかじゃないんです。読んでいないから読むんですよ」

「そうか、珍しいね。でも読むにしたって電子書籍が出ている作品もいくつか混じってるよ」

「紙で読みたいってこだわりがあるわけじゃないんですけど、なんていうか本屋さんで買うことにこだわりはあるんです。そこでしかない本の組み合わせが大事っていうか、本屋さんって本をコレクションしている生き物みたいだってずっと思っていて……あ！　この作家さんの本、探してたんです！」

彼女が素早く隅の箱の前に移動して抜き出したのは、まとめて処分しようとしていた僕が書いた本だった。

僕は自分の心に一瞬にしてシャッターが下りたのを感じた。奇妙な不快感と息苦しさがこみ上げてきた。なるほど、彼女はここが僕の店だと知っていて、潰れるのを機に訪問してきたということだろう。悪意からとは限らないが、歓迎すべきこととは言えない。

「この店に来たらこの作家の本があることを知っていたの？」

ところが彼女は天真爛漫（てんしんらんまん）といった表情で否定した。

「いいえ。時々知らない町に行って、そこの本屋さんに立ち寄るようにしているんです。この作家さんの本が全部あるのすごいですよ。最後に出版されたものなんて本屋さんでは手に入らなかったですからね」

どうやら嘘をついているのではないようだったが、僕の本が売れなかったことを揶揄されているような気がして、嫌みを言ってしまう。

「そりゃあ売れなかった本だからね。ハードカバーには数百冊しか流通しなくて数十しか売れないものもある。売れなかった本は存在しないのと同じなんだよ。あなただって売りに出された時に通販でその本を買わなかったわけだ。そういうことの積み重ねで小さな書店は潰れていくんですよ」

するとと彼女はひどく悲しそうな顔になった。

「わかっています……ええ、わかっています」

どうしてそんなに泣きそうな顔をするのか僕にはわからなかった。ただ僕の言い方が悪かったことだけは確かなので、刺々しくなっていた心をなんとか平常に戻そうとする。

「すいません。言い過ぎました。僕は……」

「いいえ、いいんです。私はつい小さな本屋さんを生き物みたいに考えちゃうんです。このお店がなくなるの、店主さんもつらいですよね」

正体を明かそうとした僕をよそに彼女は僕に構わず長い言葉を紡ぎはじめた。

「本屋さんって、本を集めることで生きていると思うんです。生きるために雑誌を主食にして、好物のおやつは小説。何を集めちゃうかはその本屋さんの勝手。住処（すみか）にキラキラしたものを集める動物みたい。私はそのコレクションを見るのが大好き。近所に子供がいないともう売れないから棚に残っている児童書や、立ち読みでぼろぼろになったマンガ、欠けのある文学全集はもちろん、世界で大ヒットした小説が一冊も置いていないことさえ嬉しい。特に小さな本屋さんのずっと動かない棚って、その本屋さんの生きてきた証そのものって感じがします」

　夢見るような調子で、まるで僕なんかいないかのように彼女は語る。

「小さな本屋さんがたくさん生まれた頃、人間の子供たちがたくさんいて、この子たちは本屋さんが大好きだった。子供の雑誌が並んで、それには付録がたくさん付いていて。返本できなくて余った付録だけを無料で配っていて、それを目当てにしていた子もいたっけ。そして本屋さんは子供と一緒に大きくなり、マンガを集めるようになった。雑誌もたくさん体に取り入れたまま、少し体も大きくなって。いつも人が出入りしていて、でもみんなそこでは静かにしていて。小説が映画になって原作がたくさん売れた時なんかは原作の文庫をいっぱい集めて、みんなが飽きたらすぐに返本しちゃって。わがままだったけど、いちばんいい時代。その本屋さんがどういう成長をしてきたか、残された本棚を見たら全部わかる。だから小さい本屋さんのことを生き物みたいだって」

「大きい書店はそうじゃないって？」

僕は混ぜっ返したが、一方で彼女の言葉をこのまま聞いていたいとも感じていた。それは不思議な感覚だった。

「大きくなりすぎた動物は、もう成長できないんです。大きな本屋さんだって同じ。大きな本屋さんが目指すのは、世界の全部の本が揃っている本屋さんでしょう？　私も昔はそれに憧れたし、それも素敵なんだと思います。でも、そうなってしまったら、それは本屋さんじゃない。検索して本を探すための目録と同じだから。棚を見ても、その本屋さんのこだわりはわからない」

「大きな書店にも店員のオススメはある。市場だって変動するし」

「それは私と本屋さんの間にある関係じゃないもの。その場から全部の棚が見えるような大きさでないと本屋さんが生きて動き出す魔法がかからないんです。ほら、まるで運命みたいに一冊の本に出会うことあるでしょう？　あれは本屋さんが差し出してくれているんじゃないかって」

妙に夢見がちなことを言う。だが彼女がそう思っているということならそれ以上突っ込んでも仕方がない。

「その小さい本屋さんは全国からなくなろうとしている」

僕はつぶやくように言っていた。

「そうなんです。それはとても悲しいことでしょう？　素敵な出会いがなくなっていくような。もう本は検索すれば買えるってことは当たり前だけれど、検索できるってことは、どんな本かすでに知っているってことにとても近いもの」

彼女は暗い声をしていた。自分の未来を悲観しているかのように。

「仕方ないんだよ。寿命は何にでもある」

「そうなんですよね。でも小さな本屋さんがないと、本をそれほど沢山読まない人が、運命の一冊って本に出会えないんじゃないかって。それは本屋さんが助けてくれないと無理なんじゃないかって思うんです」

大筋では僕も同意見だった。意志を持って本を探さないと売れている本しか目に入らない。そして、多くの人に必要なのはその人の運命の一冊であって、売れている本ではない場合が多い。

「本屋が生き物だとしたら、まさに絶滅しようとしている。助けなしにやっていくしかないんだ」

知らないうちに暗い声になっていたらしい。彼女がハッとして首を振った。

「いやだ！　私、つい長々と。ねぇ、この作家さんの本、他にあります？」

彼女は僕の本を片手で軽く持ち上げた。僕からはもう疑う気持ちは消えていたが、それでもどうしてそれを求めているのか聞かずにはいられなかった。

「どうして、その作家の本なの？」

照れくさそうな笑みが彼女の顔ではじけた。

「もちろん、もうなくなってしまった地元の本屋さんに薦められた運命の一冊だったからです！　だから、この作家さんの他の本も絶対に小さい本屋さんで買うって決めていたんです。ここで全部揃うのも運命を感じます」

僕はにやけてしまいそうになる顔を隠すため、振り返ってレジの裏に歩を進めた。僕が参加した大学出版の少部数本がある。文学部の卒業生の作品を集めたアンソロジーだ。

「まだある。持ってくるよ」

目当ての本を探したが、あると思っていた場所に見当たらなかった。他の場所もざっと見てから戻ってきたとき、店内から彼女の姿が消えていた。

段ボール箱から本はいくつか消えており、僕の本も一冊ずつなくなっていた。それで僕が探していた少部数本もその箱に入っていたことに気づいた。

本を盗まれたわけではなかった。レジには小銭まできっちりと揃えられて代金が置かれていた。

「本屋をはじめたときもそうだったし、節目には不思議なことが起きたもんだ。

書店には妖精がいるんだ。お前にも来るといいな」

父の言葉が現実感を持って蘇(よみがえ)ってきた。

書店の妖精？

いや、違う。そうじゃない。もちろんそんなことがあるはずはない。彼女はただの人間で、僕のことを知らずにこの書店にやってきたのだ。そうでなければ、僕の小説を好きな人間が一人この世から消えたことになってしまう。

どちらにせよ父の言葉は正しかった。最後に一度だけだったけど、本屋をやっているとそれなりにいいことはある。

また僕は本を読む気になっていた。気が向いたら書くかもしれない。

ただそこは小さな本屋が絶滅した世界だ。

これからは寄り添ってくれた小さな生き物の助けなしに、本を読むことも書くこともしなければいけない。それは少し困難でさびしいことになる。

だから覚えている者がいて、書き記す者がいてもいいだろう。かつて存在した書店という名の生き物について。

書店員さんにありったけの感謝を

編乃肌

「小濱さん、それって新刊用のPOPですか？　確か明日発売の……また売れ筋と違うって、店長に怒られません？」

地方ではそこそこ大きな書店。

そのスタッフルームにて、小濱一は簡素なテーブルに画用紙やフェルトペン等を広げ、試行錯誤しながらPOP製作に取り組んでいた。完成次第、自分が担当する売場に飾る予定だ。

そんな彼の手元を覗き込みながら、話しかけた学生バイトの女の子は、ううん……と難しい顔をする。

「小濱さんのチョイスする本って、いつもマニアックというか、世間の人気とズレているというか……読んでみたら確かに面白いんですけど、作者さんもそこまで有名じゃないし、大々的に売れにくい一冊ばかりですよね」

「……いいんだよ。隠れた名作にスポットライトを当てるのも、立派な書店員の仕事のひとつだと僕は思っているから」

短く切り揃えた髪を揺らして、小濱は苦笑する。彼女の言う通り、小濱の選ぶ本は人気作家の新作でも、発売前からの話題作でもない。

　それでもどこかキラリと光る、まさに隠れた名作を、小濱はちゃんと選んで推しているつもりだ。今回の一冊だって、頂いたゲラを読んでとても面白く、広く知られて欲しいと感じたから、こうしてせっせとPOPを作っている。

　なお『ゲラ』とは、要は本になる前の原稿だ。書店員は本の刊行に先立ち、出版社から送ってもらうことがある。

「ふーん……小濱さんって、ベテランさんなのに変な書店員ですよね」

「ははっ……」

　言いたいことだけを言って、彼女は足早に店内へと戻っていった。

　今年で四十二歳になる小濱は、勤続二十年目。ガッシリした大柄な身体つきで、書店員というよりも工事現場などで働いていそうな見目の彼は、実は大学時代までは、まさしく柔道一筋のスポーツマンであった。本などほとんど読まず、小説など教科書で触れるくらいだったのだ。

　小濱を変えたきっかけは、試合中に負った足の怪我（けが）で、柔道を続けられなくなったとき……魂が抜けたような彼に、見兼ねた顧問が『気晴らしに』と薦めてくれたとある青春小説だ。

小さな出版社が出した、知名度はさほどでもない本。

顧問もタイトルを見て適当に買ってきただけだと言うが、高校生たちの苦悩を瑞々しく書いたその一冊が、傷心の小濱の胸を鷲掴みにした。期待などせず読み始めたはずが、ページをめくる手が止まらなくなり、読み終わる頃には気付いたら泣いていたのだった。

柔道を辞める決意をした時も、涙など我慢して流さなかったのに……。

文字だけで綴られているのに色鮮やかな物語は、小濱に新しい世界をくれた。そして同時に、こんな素晴らしい本が多くの人の手に行き渡っていない事実に、なんてもったいないんだ！　と叫びたくなった。

それなら自分が売ってみせようと、書店員のバイトを始め、そのまま正社員になって今に至る。店長に小言を食らおうと、同僚に今のように小馬鹿にされようと、小濱には小濱の信念があった。

……だけど、時々わからなくなる。

「僕のしていることはおかしいのかな？　ただ、まだ知られていない素敵な本の魅力を、ひとりでも多くの人に伝えたいだけなんだけど……」


出来上がったＰＯＰも飾り終えて、本日は星添望(ほしぞえのぞむ)という作家の新刊発売日。といっても、田舎なのでこちらの発売日は二日遅れだが。

本の内容は、天文部に所属する高校生たちの、星の逸話なども絡めた甘酸っぱい恋愛ものだ。小濱が最後までじっくり読んだ感想としては、全体的に読みやすく、登場人物たちの細やかな感情表現が秀逸だった。伏線も綺麗に回収されていて、高い完成度だと思う。

星添望はこれで三作目。だけどいまひとつ、ヒットに届かず厳しい現状で、昨日の学生バイトの子が口にしたように、確かに売るのは少々難しいかもしれない。

しかしだからこそ、小濱は売場作りに気合いを入れた。

本の内容からインスピレーションを働かせて、売場のワゴンには黒い布をかけ、星型に切った黄色い画用紙をちりばめた上で、特製のPOPを添えて本を並べた。書店の中に小さな星空を再現したのだ。どうかいっぱい売れてくれますようにと、お星さまに願いも込めて。

「あの、すみません」

「はい？」

そんな精魂込めた売場を整理していたところ、小濱は後ろから小さく声を掛けられた。振り向けば、制服姿でロングヘアーを内巻きにした、今時な雰囲気の女子高生が立っていた。

「よかったらなんですけど……ここの売場を写真に撮って、SNSにあげて紹介してもいいですか？」

「え……ええっと、SNSですか？」

予想外の申し出に、ベテラン書店員の小濱も困惑する。

彼は昨今の若者事情にはどうにも疎く、SNSなどは存在を知っていても使ったことはなかった。基本、アナログ人間なのだ。

「ちょ、ちょっと店長に確認してみますね」

少し待ってもらって、その場を離れてバックヤードに行く。そこにいた店長からは「まあ……トラブルにならなきゃいいんじゃないか？」と、一応のオーケーは取れたので、小濱は女子高生にその旨を伝えた。

彼女はパッと笑顔になって礼を言うと、さっそく取り出したスマホで写真を撮る。

「うん、いい感じに撮れています……実は私、この本の作者と知り合いなんですよ。あっ、私自身は会ったことないんですけど！　都内に住むいとこの友人らしいんです、この星添望さんって」

「ええっ⁉　そ、それはスゴい！」

なにかしら繋（つな）がりがあったなら、彼女の行動も納得がいく。

「その伝手（つて）で、いとこが発売日にご本人から献本？　っていうのを、何冊か受け取ったらしくて……。その一冊が私にもどうぞって送られてきて、届いたその日に全部読んだんです。スッゴく甘酸っぱくてキュンとくる物語でした！」

興奮気味に語る彼女に、うんうんと小濱も同意する。いい年の小濱にも響いたのだから、本の主人公たちと同世代の彼女には、現実味を帯びて深く響いただろう。

本との出会いは一期一会。貴重な読書体験になったはずだ。

「今日は参考書を買いに来ただけだったんですけど……大好きになった本が、とっても素敵なディスプレイで置かれていたので、もっといろんな人に見てもらいたくなって声をかけました。私、写真を撮るのが趣味で、よくSNSにあげているんです。閲覧者はそこそこいるし、アップしたらけっこう見てもらえると思います！　もともと本当に、素敵な売場なので！」

「あ、ありがとうございます」

小濱は頬をかいてはにかみつつも、戸惑うばかりだ。こんなふうに誰かに反応をもらったことなど、長らく書店員をやってきたが今までになかった。評価は素直に嬉しいのだが、どうしても戸惑いが勝ってしまう。

参考書を買いに来たという彼女を、そちらのコーナーまで案内してからも、小濱はどこかふわふわふわした夢心地で仕事に戻ったのだった。

――そのような出来事があってから、五日後。

「小濱さん、小濱さん！　大変ですよ！」

いつぞやＰＯＰ製作中に話しかけてきた学生バイトの子が、休憩中の小濱の元へバタバタと飛び込んできた。

「ど、どうしたんだい？　そんなに慌てて。厄介な案件でもあった？　難しい対応なら僕が代わろうか」

接客を伴う仕事である以上、ときには困ったお客様の相手もしなくてはいけない。そういう厄介事のとき、新人や学生の子では対応しきれないケースも多いので、ベテランの小濱は自然と腰を上げかけた。

しかしどうやら、そういうわけではないらしい。学生バイトの子は「違いますよ！　これ見てください！」と、手にしていたスマホを小濱の眼前に突きつける。

「小濱さんの売場の写真がバズってるんですよ！」

「バ、バズ？　ごめん、若者言葉はわからなくて……」

首を傾げながらも、小濱はまじまじとスマホの画面を見つめる。そこに映っていた写真は十中八九、あの五日前に来店した女子高生が撮ったものだろう。撮り方が綺麗で上手く、ずいぶんと映えている。

「すっごいたくさんの人に評価されている、ってことですよ！　写真を見た人が、『売場ステキですね、買ってみようかな』とか『こんな熱意で推される本なら読んでみたい』とかコメントしています！　マジでビックリなんですけど！」

「なるほど……？」

「もう、わかっていませんね!?　もっと驚いてください！」

そう怒られても小濱には、なにが起きているのかいまひとつ理解が追い付かなかった。ただ辛うじて理解できたことは、どうやら星添望の本に対して、少しでも興味を持ってくれる人が増えたかもしれない事実だ。

さっそく影響が出ているようで、その日は件の本が次々と買われていった。

書店に何件か問い合わせもあったくらいだ。

おかげで、小濱は忙しなく動き回っていたのだが……。

「……ん？　あのお客さん、どうしたのかな？」

なんと星添望のコーナーの前に、立ち尽くしたまま泣いている青年がいたのだ。歳は三十代前半くらいか、細身でひょろりとした彼は、目頭を押えて鼻を啜っている。明らかに只事ではない様子だ。

店員としても人としても見過ごせず、小濱はそうっと近付いて「どうかされましたか」と声をかけた。

「す、すみません……実物を前にしたら感動してしまって……。あ、あの、怪しい者じゃないんです。私はこういう者です」

「え……この名前って……さ、作者さん⁉」

出された名刺に、小濱は仰け反って驚いた。星マークのついた洒落た名刺には、バッチリ『小説家・星添望』と印刷されていたのだ。田舎の書店なこともあってか、書店員歴の長い小濱でも、本の著者と生で会うのは初めてだ。

慌てて「お、お会いできて光栄です！」と、自分も仕事用の簡素な名刺を渡す。

「小濱さん、っておっしゃるんですね。この書店のことは、友人に教えてもらったんです。『お前の本の売場がＳＮＳで紹介されているぞ』って。写真を見たらいてもたってもいられなくなって、ＳＮＳにあげたのは友人のいとこだっていうから、書店さんの場所を聞いてもらって、新幹線に飛び乗って来ちゃいました。どうしても売場を作った方に、直接会ってお礼も述べたくて……売場担当者さんはいらっしゃいますか？」

「あ……その、僕です。僕が作りました」

「っ！　あなたでしたか……！」

おずおずと胸元に挙げた小濱の右手を、ガシッと星添は両手で取った。彼はそのまま勢いよく頭を下げる。

「私の本のためにここまでして頂いて、本当にありがとうございます……！売上、あの写真が広まってからすごく伸びているって、出版社の担当さんに聞きました。お恥ずかしいことに、私は鳴かず飛ばずの売れない作家で……このまま『目立たない星』で終わるのなら、もういっそこの本を最後に、作家を辞めようかとまで考えていたんです」

「目立たない星……」

それは星添の本の中で、自信のない主人公が、自分を卑下して例える言葉だ。『僕はしょせん誰にも観測されずに、広い夜空に虚しく消えていくだけの、目立たない星みたいなものなんだ』……と。印象的なシーンだったため、小濱も一言一句覚えていた。

星添は少し赤くなった目元を、そっと伏せる。

「作家になるのは子供の頃からの夢だったけど、書いても書いても人気が出なくて……そもそも本当に人の手に届いているのか、私の物語はちゃんと読んでもらえているのか、ずっと不安だったんです。だけど、あなたは手作りの綺麗なＰＯＰに、温かな感想を書いてくれました。その上で、『ぜひ読んでください』っておススメしてくれて、こんな素敵な売場まで……おかげで、私は改めて作家になれてよかったと思えたんです。今は不安じゃなくて、嬉しいって気持ちでいっぱいなんですよ」

「そ、そんな……僕はたいしたことしていませんよ。いつも通り、自分の薦めたい本を薦めただけで……」

控え目に謙遜する小濱に対し、星添は「それでも、私は救われました」と手を握る力を強くする。想いが伝わってくるような、熱い手だ。

「写真をあげてくれた子にも、もちろん感謝しています。だけどなにより小濱さんが、私の物語を見つけて読んで、心をくだいてくださったから、今も私の本がより多くの人に届いているんだと思います。小濱さんが私の星を光らせてくれた。小濱さんは私の恩人です！」

「僕が、星添先生の恩人ですか……？」

「はい！」

まっすぐに向けられた星添の笑顔と感謝の念に、小濱は胸が詰まった。今このとき、長い書店員人生でようやく、己のしてきたことはムダではなかったのだと、しかと実を結んでいたのだと、実感したのだ。

星添は「もう作家を辞めるなんて言いません、これからも書き続けます！」と宣言し、ついに小濱の涙腺も緩む。

「僕の方こそ、今日は来てくれて……恩人なんて言ってくれて、ありがとうございます」

星添が作家になれてよかったと思ったように、小濱もこの仕事についてよかったと心から思った。

それから売場には、小濱作のＰＯＰの横に、急ごしらえで用意した星添のサイン色紙も置かれた。色紙には『輝く書店員・小濱さんにありったけの感謝を』の文字と、手書きの流れ星が小さく添えられていた。

この物語はフィクションです。
実在の人物、団体等とは一切関係がありません。
本作は、書き下ろしです。

PROFILE 著者プロフィール

幸猫書房と飛び出す絵本
矢凪
千葉県出身。ナスをこよなく愛すフリーライター。『茄子神様とおいしいレシピ』が「第3回お仕事小説コン」で優秀賞を受賞し書籍化。柳雪花名義の著書に『幼獣マメシバ』『犬のおまわりさん』(竹書房刊)がある。

かたつむり書店
鳴海澪
恋愛小説を中心に活動を始める。恋愛小説の個人的バイブルは『ジェーン・エア』。動物では特に、齧歯類と小鳥が好き。既刊に『ようこそ幽霊寺へ～新米僧侶は今日も修業中～』(マイナビ出版ファン文庫)などがある。

あなたの『好き』をおしえるもの。
桔梗楓
恋愛小説を中心に執筆。趣味はコンシューマーゲームとレジン制作。著書に『河童の懸場帖東京「物の怪」訪問録』(マイナビ出版ファン文庫)、『京都北嵯峨シニガミ貸本屋』(双葉文庫)ほか。

ラスト・ブック
楠谷佑
富山県富山市生まれ。高校在学中の2016年、『無気力探偵～面倒な事件、お断り～』でデビュー。2018年、『家政夫くんは名探偵!』(ともにマイナビ出版ファン文庫)を刊行し、シリーズ化。

月刊 たかしくんをつくる
鳩見すた
第21回電撃小説大賞《大賞》を受賞しデビュー。著書に『ひとつ海のパラスアテナ』(電撃文庫)、『アリクイのいんぼう』(メディアワークス文庫)、『こぐまねこ軒』(マイナビ出版ファン文庫)など。

記憶の中の本
零谷雫
鹿児島県生まれ、東京都育ち。誕生日は世界平和記念日。趣味は切手収集や読書など。元書店員。ホラーから児童書まで幅広く書くため、ペンネームが複数あります。

風の吹き抜ける書店
杉背よい
著書に『あやかしだらけの託児所で働くことになりました』(マイナビ出版ファン文庫)、『まじかるホロスコープ☆こちら天文部キューピッド係』(KADOKAWA)など。石上加奈子名義で脚本家としても活動中。

僕の太陽
大田ヒロアキ
愛媛県松山市出身、神戸市在住。自分の小説が本に載ることを目標に、4年前から小説投稿サイトで執筆を開始。普段はAKB48とヤクルトスワローズが好きな会社員。AKBの公演名を冠した今作で夢がかなって感無量です。

かつて存在した書店という名の生き物について

水城正太郎

『東京タブロイド』（富士見ミステリー文庫）でデビュー。代表作『いちばんうしろの大魔王』（HJ文庫）。鎌倉在住。コーヒー愛はそれなり。とはいえ他のカフェイン摂取手段は好まず。

ページの陰の

溝口智子

福岡県出身・在住。博多のとんこつラーメンがソウルフード。小学校高学年で世の中にとんこつ以外のラーメンがあることを初めて知り、衝撃を受ける。最近、近所に醤油ラーメン専門店が二軒でき、それも衝撃。

レオ・レオニとソーダ

快菜莉

京都市出身。現在は京都府南部の、とんちで有名な一休寺がある京田辺市に在住。趣味はサイクリング。豊かな自然の中を自転車で走っていると、次に書きたいことが浮かんできます。

書店員さんにありったけの感謝を

編乃肌

石川県出身。第2回お仕事小説コン特別賞受賞作『花屋ゆめゆめで不思議な花束を』（マイナビ出版ファン文庫）でデビュー。『ウソつき夫婦のあやかし婚姻事情　旦那さまは最強の天邪鬼!?』（スターツ出版）など。

行きつけの本棚

那識あきら

大阪生まれ奈良育ち兵庫在住。子供の頃の愛読書は翻訳ミステリや冒険もの。ヴェルヌとドイルに出会わなければ現在の自分はなかったと思っている。著書に『リケジョの法則』（マイナビ出版ファン文庫）など。

ブックスココミネは健在です

神野オキナ

沖縄県出身在住。主な著書に『カミカゼの邦』『警察庁私設特務部隊KUDAN』（徳間文庫）『（宵闇）は誘う』（LINE文庫）『タロット・ナイト』（双葉社）など。最新刊に『国防特行班E510』（小学館）。

5分で感動　書店にまつわる泣ける話

2021年11月30日　初版第1刷発行

著　者	矢凪／鳩見すた／鳴海澪／霧谷雫／桔梗楓／杉背よい／楠谷佑／大田ヒロアキ／快菜莉／神野オキナ／溝口智子／那識あきら／水城正太郎／編乃肌
発行者	滝口直樹
編集	ファン文庫Tears編集部、株式会社イマーゴ
発行所	株式会社マイナビ出版 〒101-0003　東京都千代田区一ツ橋二丁目6番3号 一ツ橋ビル　2F TEL　0480-38-6872（注文専用ダイヤル） TEL　03-3556-2731（販売部） TEL　03-3556-2735（編集部） URL　https://book.mynavi.jp/

イラスト	sassa
装　幀	坂井正規
フォーマット	ベイブリッジ・スタジオ
DTP	西田雅典（マイナビ出版）
印刷・製本	中央精版印刷株式会社

●定価はカバーに記載してあります。
●乱丁・落丁についてのお問い合わせは、注文専用ダイヤル（0480-38-6872）、電子メール（sas@mynavi.jp）までお願いいたします。
 ISBN978-4-8399-7809-9
Printed in Japan

Fan
ファン文庫
TearS

書店であった泣ける話

一冊一冊に込められた愛

著者／朝来みゆか・新井輝・石田空　ほか
イラスト／はしゃ

あなたが最後に泣いたのは、
いつだったか覚えていますか？

さまざまな事情、理由があって
書店を訪れる人々。手に取った本が
人と人とを紡ぎ、物語が生まれます。

Fan
ファン文庫
TeArS

旅先であった泣ける話

そこで向き合う本当の自分

著者／南潔・猫屋ちゃき・迎ラミン　ほか
イラスト／456

あなたが最後に泣いたのは、
いつだったか覚えていますか？

いつもとは異なる環境に身を置くことで
見えてくる、自分の新しい側面。
そして、新しい人との出会い。

動物園であった泣ける話

著者／楠谷佑・溝口智子・烏丸紫明　ほか
イラスト／sassa

あなたが最後に泣いたのは、
いつだったか覚えていますか？

親と、恋人と、子供と、
人生で３回は行くと言われる動物園。
動物との触れ合いが人を癒し、明日を生きる活力に。